若おかみは小学生！

映画ノベライズ

令丈ヒロ子／原作・文　吉田玲子／脚本

講談社 青い鳥文庫

もくじ

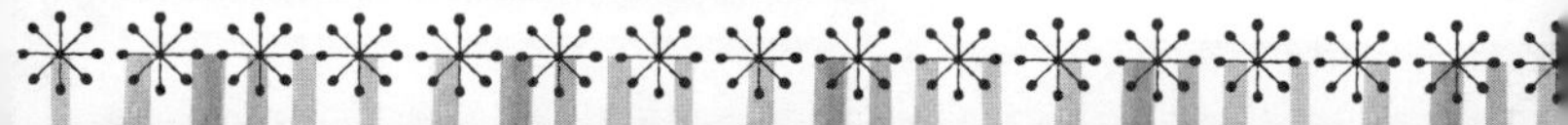

おもな登場人物
ウリ坊（立売 誠）
春の屋に住みついているユーレイ少年。おっこに、若おかみになるようにすすめる。その理由は……。
鈴鬼
古い鈴の中に封印されていた子鬼。春の屋に、クセのあるお客ばかりをよびこむ。食いしん坊で、おやつが大好き。
おっこ（関 織子）
小学6年生。両親を事故でなくし、おばあちゃんの温泉旅館で、若おかみ修業をすることに。思いついたらすぐ行動にうつすまっすぐな性格だけれど、おっちょこちょいなところも。なぜかユーレイや子鬼の姿が見える。

美陽

7歳の女の子の姿のユーレイ。ときどきあらわれては、おっこにいたずらする。

秋野真月

おっこと同級生で、花の湯温泉でいちばん大きな秋好旅館のあととり娘。プライドは高いが、勉強熱心で努力をおしまない。

春の屋の料理人。料理のうでは一流。おっこのことを気にかけている。

春の屋の仲居さん。おっこに旅館の仕事を教える。働き者で、なみだもろい。

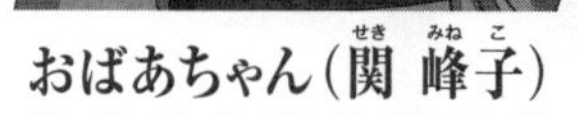

おっこの母方の祖母。春の屋のおかみ。旅館のことは厳しく指導するけれど、おっこのことを大切に思っている。

1 あたしが若おかみ!?

その日、あたしたち——お父さんとお母さんとあたしの三人は花の湯温泉にいた。

おばあちゃんがおかみをしている温泉旅館、『春の屋』に遊びに行ったのだ。

花の湯温泉の街は、お父さんとお母さんが生まれ育ったところ。

山のふもとの小さな街には、いくつも温泉旅館がある。

春の屋旅館はそのひとつで、あまり大きくない。

でも春の屋旅館に行くのは、好き。

きれいに手入れされたお庭を見ながら入る露天風呂は気持ちがいい。(特に朝風呂は気分最高!)

花の湯温泉街で一番の料理人(と、おばあちゃんが言っている)康さんの料理は、季節に合った工夫がしてあって、きれいだしおいしいしで、いつも大満足。

花の湯温泉の街も好きだ。

白い湯気があちこちから上がっていて、街ぜんぶが蒸したての温泉まんじゅうみたいにあまい香りがして、ほっこりあったかい。

花の湯温泉通りにならんでいる、竹細工や和風小物のお店には、かわいいものがたくさん置いてあるし、お菓子屋さんの和スイーツもすごくおいしい。

今日は梅の香神社のお祭り。神社の神楽殿前には、神楽を舞う子を見ようとたくさんの人が集まっている。

笛や太鼓に合わせて、鈴をふりながら舞うのは、地元の小学生たちだ。

今もあたしと同い年ぐらいの男の子が、おそろいの装束で舞っている。

（わー、上手。いっぱい練習したんだろうなあ。）

つい見ちゃうのは、山犬のお面と、毛皮のかぶりものを頭につけている男の子。

きれいな顔で、動きも優雅、すっごく上手！

地元の人気者みたいで、

「鳥居くーん！」

同い年ぐらいの女の子たちが、大声出して応援してる。

お父さんはお神楽を見ながら、語りだした。

「そもそも、ここの温泉はね、野生の動物たちが湯につかってけがをなおしているのを見たご先祖様が、生活に取り入れたのが始まりなんだ。」

出た！　お父さんの得意な「花の湯温泉の起源」ストーリー！

「花の湯温泉のお湯はだれもこばまない。動物も人間も……。」

あー、花の湯温泉に来るたびにそれ、聞かされてるし。

「すべてを受け入れて、いやしてくれる……でしょ。」

つい続きが、口から出ちゃった。

「え？」

お父さんがこっちを見た。

「ううん、なんでもない。」

ゆっくりした音楽と振りが続く。

長く続くと、だんだんたいくつになってきた。

でも、お父さんとお母さんは夢中になって、お神楽を見ている。

「お父さんたちが子どものころは、このお神楽にあこがれたもんだよ！」

うれしそうにお父さんが言った。

「え、ほんとうに？　うそー！」

「ほんとうよ。お母さんは今でも、舞ってみたいなあ。」

お母さんはそう言うと、まじめな顔でひと回りし、お神楽の振りをやった。

（もーう、お母さん！　まわりがざわついてるんですけど！）

お母さんは、ふだんはちゃんとしてるんだけど、ちょっとノリがよすぎるところがある。

お父さんは笑ってるばっかりで、止めないタイプ。

それであたしがこういうことを言わなくちゃいけなくなる。

「そろそろ帰らないと。また渋滞だよ！」

「またまた。おっこは早く帰りたいだけだろ。」

お父さんはあたしのほっぺたをつまんだ。

「ちがうっ！　やだあ、やめてって。」

あたしの顔が丸くって温泉まんじゅうみたいだって、お父さんてば、すぐにほっぺたを引っ張りにくるんだよ。

丸顔で、いつもびっくりしてるみたいなまん丸い目なの。でもそれ、お父さんに似たせいだからねっ！

（お母さんみたいにきれいだったら、みんなの前でお神楽を舞っても、はずかしくなかったかも。）

東京への帰り道、お父さんの運転する車に乗って、そんなことを考えてた。

「お義母さん、いくつだっけ。」

「もう七十よ。」

「旅館のこと、考えなきゃな……。」

お父さんとお母さんの会話を、ぼんやり聞いていた。

するとお母さんが、急にあたしのほうを向いて言った。

「おっこ。花の湯温泉のお湯はね、神様からいただいたお湯なのよ。」

（知ってるよ。もう何十回も聞いてるもん。）

「だから感謝をこめて、毎年選ばれた子どもたちがお神楽を舞うの。」

（え、あのお神楽ってそんな意味があったんだ！）

「お母さん、おっこが舞うところを見てみたいな。」

（お母さん、そんなこと思ってたんだ……。）

美少女だったら舞ってもはずかしくないかも、なんて思ってたのが見すかされたみたいだった。

「そうだね。」

お父さんが笑った。

お母さんも笑った。

それが、お父さんとお母さんの顔を見た、最後の瞬間だった。

お父さんが声を上げた。

フロントガラスのむこうから、何か大きなものがすごい速さでこちらに向かって飛んでくるのが、見えた。

トラックがフロントガラスにぶつかりガラスがこなごなにくだけるのが、スローモーションのように見えた。

映画を見てるみたいだった。

どおんと体の下で何かがふき上がった。

青い空と白い雲が目に入って、外に投げ出されたのだとわかった。

そのとき、色の黒い、まゆげの太い男の子の顔が、見えた。

見たことのない顔。

その男の子があたしをのぞきこんだと思ったら、ふいに雲を飲みこんだみたいな感じがして、体がふうわりとあたたかく、軽くなった。

(あ、れ？　なんかあたし、宙にういてる？)

やがて、何か、やわらかいものがぼうんとあたしを受け止めた。

スロー再生みたいに、ゆっくりとその男の子が空に遠ざかっていく。

遠くのほうで、だれかが救急車！　とさけんでいるのが聞こえたけど、そのまま何もわからなくなった。

あたしだけ、助かった。
けがひとつしなかったのだ。

ぶつかったトラックはお父さんの車を紙くずみたいにくちゃくちゃにしてふっとばしてしまったけど、窓から投げ出されたあたしは、奇跡的に後ろの車の屋根に落ちたのだ。

その日からあたしは、お父さんとお母さんがいない子になった。

それで今、花の湯温泉に向かっている。

マンションを出るときに、いつもの感じで、

「行ってきます。」

とは言ったけど、部屋にはもうだれもいない。荷物もかたづいて、何も残っていない。

今日から春の屋旅館に、おばあちゃんといっしょに住むのだ。

いつもはお父さんの運転する車で行く道を、電車とバスを乗りついで行ったから時間もかかったし、大きいトランクが重かった。

(こんなに歩いたっけ？)

しょっちゅう歩いた上り坂の道は、とても長く感じた。

春の屋旅館。

よく遊びに来てたし、旅館のすみずみまで知ってるつもり。

お風呂も気持ちいいし、お料理はおいしいし、遊びに来るには最高の場所。

でも、ずっと住むとなると……アレがいる。

古びた日本家屋はぼんやり薄暗い。

だからあたしの苦手なアレ……虫とかヘビとかトカゲとか……が近くにいても、すぐに気がつかない。

ついたそうそう、出迎えてくれたのはクモだった。

春の屋旅館の玄関の前に立ったら、すーっと糸を引いてクモが目の前に下りてきたのだ。

「おわあっ！」

さけんで逃げ出そうとしたら、

「お嬢さん!?」

仲居のエツコさんが現れた。

続いて、板前の康さんも出てきてくれた。

「よくいらっしゃいましたね。」

エツコさんも康さんも、昔から春の屋旅館ではたらいている。

小さいときから知ってる二人の顔を見たら、ほっとした。

するとちょっと力がぬけたのか、引きずってきた大きなトランクが、たおれそうになった。

「あら。」

トランクに、エツコさんが手をのばした。

そのエツコさんの髪の上で、何かがうごめいている。

「おわーっ！　ク、クモっ！　クモがあっ！」

「クモ？　ああ、エツコさん、頭に。」

康さんが指を出し、「おいで。」と、優しくよびかけてクモを手に取った。

「あらいやだ、いつのまに。」

二人ともおどろきもさわぎもしない。

（ええーっ？　クモ、頭に乗っても平気なの？　素手でさわれるの？）

信じられない！　と言いかけたら、何か足元でささっと動くのが見えた。

（ん？）

平たい頭に短い脚、それに長いしっぽ……。トカゲがくつの上に乗ってこっちを見上げていた。

「ギャーッ！」

旅館の中にかけこんで逃げようと思ったそのとき。

「おっこ！」

ぴしっと名前をよばれた。

「なんです、大きな声で。お客様がいらっしゃるんですよ。」

「おばあちゃん！」

紫の着物すがたのおばあちゃんが、現れた。

いつもながら、着物の着こなしがカッコいい。

それにきちんとセットした髪は真っ白だけど、前髪のひとふさだけ、あわい紫にそめている。季節に合わせた色合いの紫を使ったいろんなおしゃれをするのが、おばあちゃんの「春の屋旅館のおかみ」としてのこだわりだ。

「孫がおさわがせして、申しわけありません。さ、こちらへ。」

おばあちゃんが声をかけたほうに、二人連れのお客様が立っていた。

「お孫さんですか？　元気がいいな。」

スーツにめがねのおじいさんが、笑った。その横で、ぼうしをかぶった優しそうなおばあさんもこちらを見て、笑っている。

（しまった。お客様がいたんだ……。）

「しつけがいきとどかないもので。」

おばあちゃんがそうあやまりながら、二人を案内して玄関のほうに向かってきた。

「何、ボケーッとつっ立っとんじゃ！」

ふいに声が聞こえて、びっくりした。

（え？　だれ？）

「お客さん来てはるやろ！　はよどけや！」

はっきりと男の子の声で怒られた。

「わ、ごめんなさい。」

飛び上がって、玄関に入りやすいように、おばあちゃんとお客様に場所を開けた。

（今のだれ？）

あたりを見わたしたけど、男の子なんていない。

「おっこさんのお部屋は、はなれの奥のつき当たりのお部屋ですよ。」

エツコさんが教えてくれた。

「は、はい。」

「トランク持ちましょう。」

康さんが、あたしのトランクに手をかけたけど、

「ううん、だいじょうぶ！」

ことわって自分で運んだ。

ここは温泉旅館。いつだってみんないそがしい。

自分のことは自分でやらなくちゃね。


(今日からここがあたしの部屋かあ。)

旅館から、わたりろうかでつながるはなれに、おばあちゃんは住んでいる。

はなれはおかみの住居兼事務所、それに仲居のエツコさんが宴会のお世話で夜おそくなるときに泊まる部屋がある。

あたしはそのとなり、いちばん奥の六畳の和室をもらった。

東京から送っておいた荷物は、おばあちゃんやエツコさんがかたづけてくれていたし、部屋も

きれいにそうじしてもらっていた。

でも、気持ちは晴れなかった。

トランクを部屋に置き、窓を開けたら……。

「おわーっ！」

さけんでひっくり返った。ヤモリが窓にはりついていたのだ！

あの、ちっさい怪獣みたいな形が苦手！

目もビーズみたいで、ピカピカしてるのもこわい！

ぺたーっとガラスにはりつくおなかが、ぬるんとしてるのも気持ち悪い！

ひざをついて窓に近寄り、そーっと窓を閉めた。

「くくく。」

（え？　なんか聞こえる？）

「アホやなあ。」

今度ははっきり頭の上から聞こえた。

「だれ？」

見上げて、ぎょっとした！

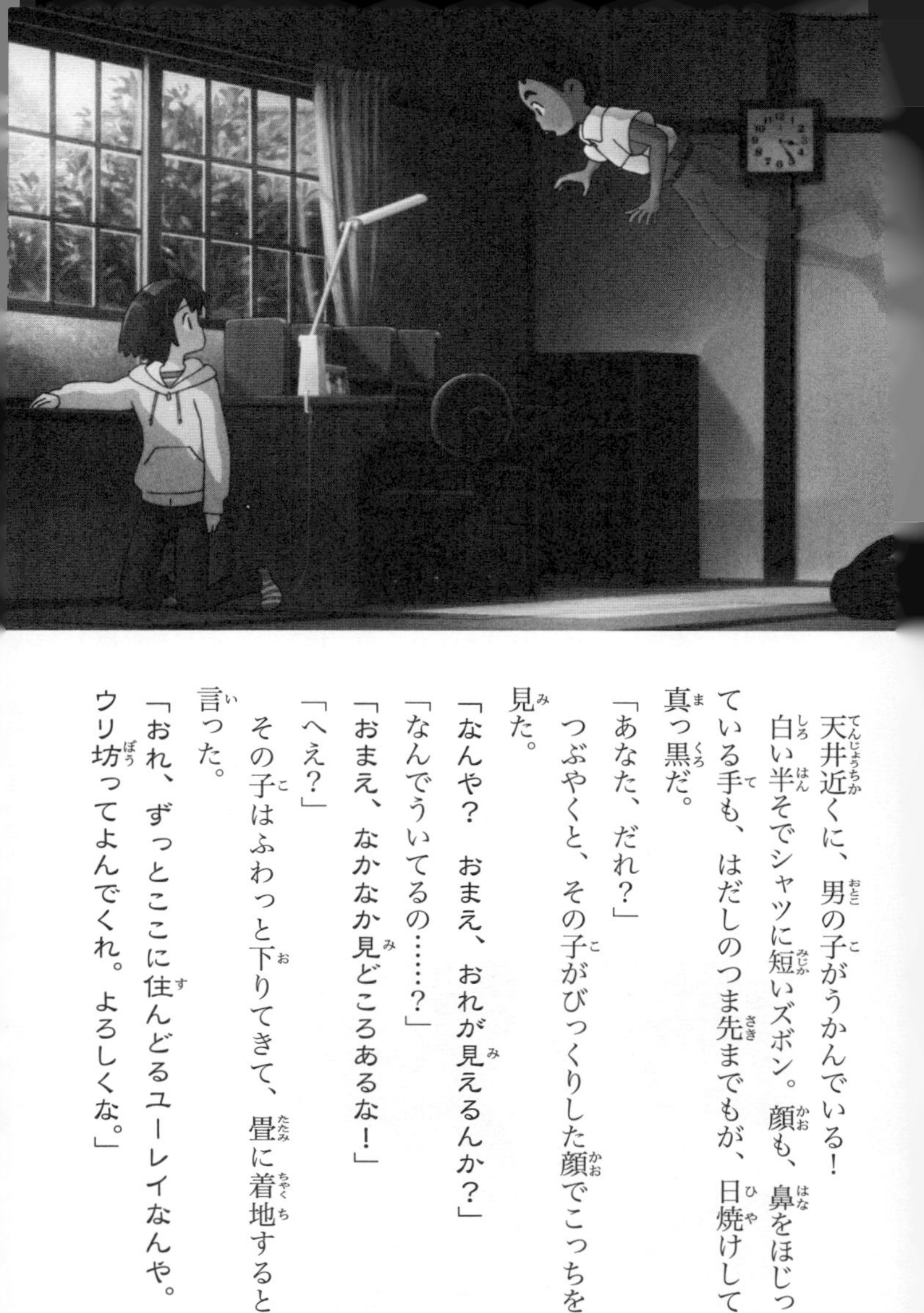

天井近くに、男の子がうかんでいる！

白い半そでシャツに短いズボン。顔も、鼻をほじっている手も、はだしのつま先までもが、日焼けして真っ黒だ。

「あなた、だれ？」

つぶやくと、その子がびっくりした顔でこっちを見た。

「なんや？　おまえ、おれが見えるんか？」

「なんでういてるの……？」

「おまえ、なかなか見どころあるな！」

「へえ？」

その子はふわっと下りてきて、畳に着地すると言った。

「おれ、ずっとここに住んどるユーレイなんや。ウリ坊ってよんでくれ。よろしくな。」

手をさしだしてきたけど、その手……鼻ほじってたよね!?

っていうか、ユーレイと握手とか、すっとできないし!

思わず後じさりしたら、壁に背中がぶつかった。

「いたっ。」

「こら、エエ友だちができたわ。うれしいなあ!」

その子はにやっと笑うと、すぃーっと近づいてきた。顔がくっつきそうなほど、寄ってきたかと思うと、急にすがたが見えなくなった。

(!?)

体を雲みたいなもやもやしたものがすっと通りぬけた。

(えっ? あたしの中を通りすぎた!?)

ふりかえって庭のほうを見ると、その鼻先に窓ガラスがぶつかり、さらにヤモリと目が合った。

「ぎゃーっ!!」

おばあちゃんがすっとんできた。

「ヤモリぐらいで大きな声を出さないでおくれ。みんなびっくりするじゃないか。」

またしてもおこられた。

「康さんとエツコさんが待ってるから、落ち着いたらあたしの部屋に来ておくれ。」

「はあい……。」

着物をぴしっと着こなし、スッスッと歩くおばあちゃんの後ろすがたを見ていると、いつのまにかまたそばに来ていたウリ坊が言った。

「おっこは、ぜんぜん峰子ちゃんと似てないなあ。」

峰子って、おばあちゃんの名前だ。

「おばあちゃんのこと、よく知ってるの？」

「まあ、古い知り合いなんや。」

「どういうこと？」

「……峰子ちゃん、待ってるで。早よせな。」

「あっ、いけない。」

ぐずぐずしていたらまた怒られてしまう。歩き出したら、とうぜんのようにウリ坊がついてきた。

「ついてこないでよ。」

「だいじょうぶや。ここのみんな、おれのこと見えへんし、声も聞こえへん。」

「え、じゃあ、あなたと話せるのは、あたしだけ？」

「おっこはいちど死にかけたさかいな。あの世と通じやすうなったのかもしれへんな。」

「いちど死にかけ……。」

頭の中で、事故のときのシーンがよみがえった。

車から飛び出したときに、一瞬見えた男の子の顔。

丸いぐりぐりした目、太いまゆ、日焼けした肌。ぴたっと目の前の顔と重なった。

「ああっ！　まさかあのときの！」

さっきウリ坊が体の中を通りすぎたときの、ふわふわした感じ。初めてじゃない感覚だった。

「……ひょっとして。あのとき……助けてくれた？」

するとウリ坊は、ぎゅっと口を引きしめ、真顔になった。

(やっぱり！)

「ど、どうしてあたしを助けてくれたの？」

さー、なんででしょうか！　とでも言いたそうに、ウリ坊は、くちゃっとふざけた顔をして、
壁の中に消えてしまった。

「おっこ、どうしたんだい。早くすわりなさい。」

おばあちゃんに声をかけられて、われに返った。


「今日から織子がうちに住むことになりました。エツコさん、康さん、よろしくたのむわね。」

「よ、よろしくお願いします。」

テーブルを囲んですわっているエツコさんと康さんに、頭を下げた。

「ほんとうに大変でしたね。」

言いながら、エツコさんはもう泣いていた。

「お父さんもお母さんも、いそがしいときにはよくお手伝いに来てくださいましたね。」

おばあちゃんもうつむいて、ハンカチで涙をおさえた。

こういうとき、なんて言ったらいいんだろう。

はい、大変でしたとか、すごく悲しいですって言うのがふつう?

そんなの、悲しいよ。悲しいに決まってるじゃん!!

でも、言いたくない。

そう言ったら、みんな、もっとつらそうな顔になる。

みんなのそういう顔見たら、

（あ。あたし、やっぱり今、すごくつらくて悲しいんだ。）って思い知らされるんだよね。

それ、よけいにつらくなるんだから。

「おっこ。」

ウリ坊の声が、頭の上からふってきた。

「これからは、あたしが手伝うって言えや。」

（ええ？）

見上げると、ウリ坊は真剣な顔であたしを見ていた。

「峰子ちゃんが、苦労して続けてきたこの旅館……あとつぎはおっこだけなんや！」

「あとつぎ!?　そんな！」

つい大きな声を出してしまった。

するとおばあちゃんが、けげんな顔で聞いてきた。

「あとつぎが、なんだって？」

「あ、えっと。」

こまっていると、ウリ坊がさらに言った。

「おっこ、こう言え。『少しずつ旅館のお手伝いをしていきます！』。」

「旅館のお手伝い!?」

思わずまたさけんでしまった。

みんなびっくりしたのか、湯のみを取り落としたり、お茶がこぼれたりで大変なことになった。

「おかみさん。おっこさん、旅館のお手伝いをしてくださるおつもりじゃ……。」

康さんのその言葉に、

「え？」

エッコさんとおばあちゃんが顔を見合わせた。

「おっこ、もしかして、ここのあとつぎに

なってくれる……そう言いたいのかい？」

（いやいや、そんな。無理無理！）

おばあちゃんのはたらくすがたを小さいころから見ている。だから、旅館のおかみの仕事がすごく大変なのは知ってるし。

「おっこ、そうやと言え。おっこが春の屋旅館の若おかみになるんやーっ！」

「わ、若おかみ!?」

そんなの、ぜったい無理だって！

そう続けて言う前に、エツコさんが、まあっとさけんだ。

「おっこさんが、若おかみ！　なんてうれしいお話なんでしょうねえ、おかみさん！」

「……あ、ああ、でもおっこはまだ小学生だしねえ。」

おばあちゃんが何か考える顔つきになった。

「だいじょうぶですよ。わたしが少しずつ旅館の仕事を教えてさしあげます。」

「それがいい。」

エツコさんと康さんは、もう決まったみたいにうなずき合ってる。

（ど、どうしよう。）

こまっていると、すうっとウリ坊がテーブルの上に下りてきて正座した。

「おっこ、峰子ちゃんを助けてやってくれ。たのむ。」

そう言ってあたしに頭を下げた。

そんなこと言われても、返事にこまる。

するとウリ坊は、きっと顔を上げて、こう言った。

「命の恩人のたのみは聞くもんやでっ！」

(うっ。)

命の恩人！　それを持ち出されたら、弱い。

「楽しみができましたね！　おかみさん！」

エツコさんがはしゃいで言う。

「……そうだねえ。じゃあ、あたしの着物をおっこ用に仕立て直そうかね。」

おばあちゃんがうなずき、話が進んでいく。でも、もうそれを止められなかった。

がくんとうなだれたのが、うなずいたように見えたらしい。

「やったー！」

ウリ坊がさけんで、高くジャンプした。

（あー、天井をつきぬけるほどはしゃいじゃって……。そんなにウリ坊、うれしいんだ。）

その日、おばあちゃんもエツコさんも康さんも、ずっと笑顔だった。

ウリ坊も、あたしの部屋に現れて、

「ほんまにうれしかったで！　もう死んでもエエと思ったもん！」

なんてヘンなこと言いに来たし。

でも、みんなが笑うと、薄暗いはずの旅館に、明かりがともったみたいだ。

（……こんなにみんなが喜んでくれるなら、旅館のお手伝いやってみようかな。若おかみになれるかどうかは自信ないけど。）

「ああ、ねむい……。」

まくらに顔をうずめた。

春の屋旅館に引っ越してきた一日目なのに、いろいろありすぎだよ。

長い一日だったよね……。

そのとき、どこかから高い音がひびいてきた。

――リリリリリン
鈴の音のようだ。

（なんで？　だれか鈴ふってる？）

おかしいなと思ったけれど、もう起き上がれない。そのまま寝てしまった。


その夜、夢を見た。

夜中に目が覚めたら東京のマンションの、自分のベッドだった。

（お父さん、お母さん……。）

あたしは起き上がって、二人をさがした。

（お父さんもお母さんも、この部屋にいるはずだよ。）

二人の寝室のドアをそうっと開けた。

よかった！

いつもと同じように仲良く並んで寝ている。

（ようし！　久しぶりにあれ、やるか！）

あたしは二人の足元から、ふとんにもぐりこむ。

ごそごそっと体を低くしてもぐらみたいに進んで、お父さんとお母さんのあったかい体の間に入るのだ。

お父さんとお母さんはどんなにぐっすり眠っていても、あたしがもぐらになって現れると、笑って頭をなでてくれる。

そして今日も。

お父さんとお母さんは笑って、ふとんの中のあたしを見た。

二人してあたしの頭をなでてくれた。

お父さんの大きくてあったかい手のひら、お母さんのやわらかくてしなやかな指、ぜんぜん変わらない。

(なーんだ。二人とも生きてたんだ！　よかったあ！)

ほっとした。

二人が死んじゃったなんて、なんで思ってたんだろう？

あれは夢だったんだ。すごくリアルな……いやな夢。

(夢で、本当によかった！)

あたしは、心からほっとして笑った。

2 ピンふり登場！

目が覚めた。

あれ？　ここどこ？　いつものベッドじゃないし。

しばらく考えて、気がついた。

（あ、そうか、あたし、春の屋旅館に来たんだった。）

ゆうべ、東京のマンションでお父さんとお母さんといっしょに寝る夢なんてみたもんだから、一瞬自分がどこにいて、なにをしてるか思い出せなかったんだけど……。

（いけない！　早く起きなきゃ！）

ぐずぐずしていたら、おばあちゃんに注意されちゃうよ！　あわてて起きてふとんをあげた。

はなれは静かでだれもいない。

おばあちゃんは、とっくに旅館のほうに行っておかみの仕事をしている。

朝はお客様の朝食のお世話ですごくいそがしいんだよね。

着がえて歯をみがいていると。

――リリリリリン
鈴の音が聞こえた。

（あれ？　ゆうべもあの音、聞こえたような。）

鈴の音が鳴りやまないので、音のするほうに行ってみた。

あたしの部屋の、ななめ向かいから聞こえる。

（あれ、「開かずの間」から？　なんで？）

そこはふだん使わないものをしまっている物置部屋で、ほとんどだれも戸を開けないからそうよんでいる。

戸を開けると、鈴の音が大きくなった。

（どこ？）

窓からの明かりだけをたよりに、そろそろと薄暗い部屋に入った。古いたんすのほうから音が聞こえる。

（この引き出しの中で鳴ってる？）

「よいしょっ！」

あたしは重い引き出しを引っぱり出した。

引き出しの中には、いろんなものがごちゃごちゃつめこまれていた。
――リリリリリン！　リリリリリン！
真ん中の小さい、白っぽい木でできた箱が、ふるえるように大きな音で鳴っている。
「これだっ。」
箱にはひもがかけられ、結んであった。
箱もひももかなり古い。そのひもをそっとほどいて、ふたを開けた。
そのとたんに、うるさいぐらい鳴っていた音がぴたっと止まった。
ぶわっと紫色のほこりが立ったかと思うと、黒っぽいかたまりが見えた。
ヘンな形だなって思って持ち上げたら、それは鬼の顔の形をした鈴だった。
そっとふってみた。
――リリリリリ……。
（やっぱりこの鈴の音だわ。どうして、だれもふらないのに、鳴ってたんだろう？）

着がえて、そうっと旅館のほうに行ってみた。

おばあちゃんをさがすためだ。

おばあちゃんは、昨日のお客様二人のお見送りをしている最中だった。

「またお運びくださいませ。」

頭を下げるおばあちゃんのほうをふりむいたおばあさんは、フロントの奥に立っていたあたしを見つけた。

「あら、おはよう。」

そう言って声をかけてくれた。

「あ……ええと。」

「おっこ、何してるの。ちゃんとごあいさつなさい。」

おばあちゃんに言われて、どぎまぎした。

お客様には、どんなあいさつをしたらいいのかな?

あたしはもう春の屋旅館の子だから、おばあちゃんやエツコさんみたいなあいさつをしなくちゃいけないのかな?

まよいながら、「おはようございます。」とだけ言った。

するとおじいさんのほうのお客様が言った。

「仲居さんから聞いたよ。きみがここの若おかみになるそうだね。」

「えっ。」

エツコさん、お客様に、もうそんなことを!?

「しっかりね。」

おばあさんのお客様に、はげまされてしまった。

「……は、はい。」

どうしよう。いちおうお手伝いしてみて、できそうだったらなってもいいかな、ってぐらいなのになー。

「ははは、ますます楽しみですな。」

お客様は笑ったが、おばあちゃんはこまったような顔をしていた。

そうだよね。おばあちゃんだって、「ほんとうにこの子が若おかみになれるんだろうか?」って、思うよね。顔に出てるよ。

「おばあちゃん、これ知ってる？」

朝の仕事が落ち着くのを待って、おばあちゃんに「開かずの間」に来てもらった。

なぞの鈴を見てほしかったのだ。

「ああ、これ！　おじいちゃんがいただいたものでね。千年も続く瓦職人さんが作ったものだそうだよ。」

へえー！　古くて大事なものみたいだね。

「おじいちゃんが死んでそれきりで……。おまえが開けたのかい？」

「うん。」

おばあちゃんがなつかしそうに、鈴をふった。

リリーンとすずしい音がした。

（あれ？　なんかさっきと音がちがう。）

あたしが聞いたのは、もっと生き物の声っぽい音だった。鈴が鳴いてるみたいな感じで。

「あら？　ここにこんなものがあったのかい……。」

おばあちゃんは引き出しの奥から、古いアルバムを取り出した。

ページをめくると、知らない男の人と女の人の写真が出てきた。

モノクロ写真で、しかも茶色っぽく変色している。

「だれ？」

「おっこのひいおじいちゃんと、ひいおばあちゃんだよ。」

「え、っていうことは、こっちの写真の女の子は？」

「あたしだよ。」

おばあちゃんは自分を指さした。

すっごくかわいい！ っていうか美少女すぎる！

「おっこぐらいの年のころかね。」

「へー！」

お母さんにも似ているけど、おばあちゃんのほうがきりっとしてて、目力がすごい！ それに、やんちゃな感じ。

ページをめくって、うっと息が止まりそうになった。

「こ、これ。この子……。」

おばあちゃんとならんで立っている男の子。

ぐりんと丸い目に太いまゆ、がたがたの反っ歯、ウリ坊そっくりだった！

「これは大阪にいたころだね。おとなりに住んでた子だよ。誠くん。名字が立売っていうんでウリ坊ってよんでたんだけどね。」

「ウリ坊！　このころ生きてたんだ！」

「え？」

「あ、ううん。この子と仲良かったの？」

「ああ、よく遊んだね。このころ、おばあちゃんおてんばでね。ウリ坊といっしょにかけ回ってた。二人でいっしょに秘密の場所に行ったりして……。」

おばあちゃんは、なつかしそうに笑った。

すいっとウリ坊が現れて、横にすわった。

あたしといっしょにアルバムをのぞきこむ。

「おてんばがすぎてね。屋根から落ちたことがあるんだよ。そしたらウリ坊が窓から飛び出してき

て、落ちたあたしを受け止めてくれてね。そのままひっくり返って二人で転がって……。あちこちぶつけて痛かったけど、いっしょに大笑いしたよ。」

おばあちゃんが笑顔になるにつれ、ウリ坊がどんどんしずんだ顔になる。

(ウリ坊、自分の話なのにさみしそう……。なんで?)

考えて、はっとした。

そうか、おばあちゃんはウリ坊と友だちだったのを、もう過ぎ去ってしまった昔の話だと思っている。

ウリ坊が今ここにいて、ずっとおばあちゃんを見守っているのも知らずに。

ウリ坊が、だまって立ち上がった。

そしておばあちゃんに背中を向けて、部屋から出ていった。

「ウリ坊は命の恩人。元気で優しくていい子だったねえ。あたし、とっても好きだったよ。」

(とっても好きだった……。)

「おれもや。峰子ちゃん。」

ウリ坊が、ろうかでつぶやくのが聞こえた。

でもその声は、おばあちゃんには聞こえない!

（ウリ坊は「好きだった」だけじゃなくて、おばあちゃんのことを今もずうっと好きなんだよ！）

「今はどこでどうしてるんだろうね。」

「ウリ坊は、おばあちゃんのこと今でも好きだよ！」

がまんできずに、言ってしまった。

「おや、うれしいこと言ってくれるね！」

おばあちゃんが笑ったその顔は、アルバムの中の女の子と同じ、ちょっとやんちゃな表情だった。

自分の部屋にもどって天井を見上げると、ウリ坊がゆらゆらとういていた。

「おばあちゃん、ウリ坊が死んだこと知らないんだ？」

「おれが死んだんは、峰子ちゃんが引っ越した後すぐやったからな。」

「ウリ坊はどうして死んじゃったの？」

「峰子ちゃんがおらんようになって、さびしゅうてな。峰子ちゃんとよう登っとった屋根に上がったとき、瓦がくずれて落ちたんや。」

「そうだったんだ……。」

ウリ坊も、ぜんぜん覚悟もしてないのに、急に死んじゃったんだ。

それって、きっとすごくショックだよね。

気がついたらユーレイになってて、この世の人じゃなくなるって、すごくさみしいことだよね。

ウリ坊の気持ちを想像しただけで、きゅうっと体が冷たく縮こまりそうだった。

あたしが、暗い顔になったせいか、ウリ坊が、

「でもな！」

急に明るく大きな声をはりあげた。

「でもな、ユーレイになったおかげで、また峰子ちゃんに会えた！」

「でも……。」

おばあちゃんにはウリ坊は見えないし、話すこともできないんだよ？

そう言いたかった。

「おれは、峰子ちゃんを見守ってるだけでエエんじゃ！」

ウリ坊は、すとんと床に降り立った。

「でも、おっこは生きて峰子ちゃんのそばにおる。若おかみ、やめるとか言わんと、春の屋手伝ってや！」

どうしてウリ坊が、あんなに必死に、あたしを若おかみにしたがったのか、わかった気がした。

そっか。おばあちゃんのこと、昔っから大大大好きなんだよね。ずっとおばあちゃんのこと助けて守ってあげたいんだよね。

（おばあちゃんとウリ坊、ほんとうに仲良しだったんだなあ。二人で行った秘密の場所って、どんなところだったんだろう？）

そう思ったとき、ひらりと白い花びらが、どこかから飛んできた。

窓、開いてたっけ？　と顔を上げてびっくりした。

「おっこ、おれと峰子ちゃんの秘密の場所見せたる！」

そう言ってウリ坊が両手を広げて立った。その後ろに草原が広がっていた！

見わたすかぎりの草原、そして木立に囲まれている。

野原にも木々の枝にも、花がいっぱいさいている。

「わあー！　きれいー!!」

こんなステキなところが、二人だけの秘密の場所だなんて、すっごくいい感じ！

「ふふふん！　花の雨、ふらしたる！」

そう言ってウリ坊は空に舞い上がった。

すると天からたくさんの花がふってきた！

白や、淡いピンクやうす紫や。

優しい春の色の花が、ひらひらと頭から包みこむように、舞い降りてきた。

「きれい……。」

あたしはうっとりと、夢のような景色に見とれた。

花は手のひらで受け止めようとすると、すうっと消えてしまった。


若おかみ修業が始まった。

エツコさんとおばあちゃんと、二人がかりで着物を着せてもらった。

「なんか……電信柱に手足がついてるみたい……。」

どう見ても、おばあちゃんみたいに、カッコよくない。

「よくお似合いですよ。」

エツコさんがはげましてくれたものの。

「ハイ！　足は少し内またで、スッスッと歩きます。」

「畳の横は三歩、縦は六歩の目安で。」

「畳のへりはふまないように！」

エツコさんはけっこうきびしかった。

（へりをふまないようにって。ちょうど足の下に来たらどうしたらいいんだろ？）

考えて、えいっとジャンプしてへりを飛びこしたら、つんのめった。

「あ、わわ！」

体を立て直す前にひっくり返った。

「ぬいだぞうりは、反対向きにかえしてそろえますよ。やってみてください。」

玄関にかがんで、くつぬぎにぬいだぞうりに手をのばした。

意外と遠くてとどかない。手をのばしたら、着物のそでから腕がにゅうっと飛び出した。

（着物のときは、腕をむきだしにしちゃいけないんだった！）

あわてて前のめりになったら、ぐらっと体がかたむいた。

玄関から落ちて、くつぬぎの上に転がった。

着物すがたで食事を運ぶ練習もした。

「ちょっと、すそをふみそうだねえ。」

おばあちゃんが不安そうに言うのが聞こえた瞬間、すそをふんで、ろうかに転がった。お盆も運んでいた器も、ぜんぶひっくり返った。

もしほんとうにお料理が入っていたら、せっかくのお料理をみんなだめにしてしまうところだ。

「おっこさん、だいじょうぶですか!?」

エツコさんに起こしてもらったその目の前に、何かぱたぱたする茶色いものが飛んできた。

「ぎゃっ！　蛾っ！」

さけんでまたひっくり返った。

「おっこ！　いちいち虫でさわがない！　お部屋に虫が入ったらお客様に取らせるのかい!?」

おばあちゃんに、すっごくしかられた。


「ああー、旅館の仕事って大変ー。」

あたしは、露天風呂にういた虫を網ですくい取りながら、ウリ坊にぐちった。

「そない、いやがるなって。」

「だってー。虫、気持ち悪いんだもん。」

すくった虫は新聞紙に落として集めてすてる。

「手ぐらい合わせるんやな。」

そう言ってウリ坊は、集めた虫の死骸に手を合わせて目を閉じた。

（……そっか、虫も生きてたんだもんね……。）

あたしも、ウリ坊といっしょに手を合わせた。

「おっこ、ご苦労さま。」

おばあちゃんが声をかけてきた。

「おやつを持ってきたよ。」

手にはお盆、そしてくだものやホイップクリームでかざられたプリンのお皿がのっていた。

「わあ！」

さっそく庭石にすわって食べはじめた。

プリンにはピンク色のいちご風味の部分がまじっていて、花びらを散らしたようにきれいだった。

「んー、おいしい！　春の味がする。」

「康さんが作った、春の屋プリンだよ。……おっこ、そうじのときまで着物を着ていなくていいのに。」

そうじでよごれないように、たすきがけでそでを上げているし、すそも帯にはさんで上げているけど、たしかに着物でそうじって、やりにくい。

でもね。

「いいの、着物になれておきたいの！」

若おかみ修業はきびしくて、どれもまともにできない。

あんまり失敗続きだから、もっとがんばらなきゃって思いはじめたんだよね。

「そうかい。」

おばあちゃんが、笑った。

「……明日から学校だろ。ちゃんとあいさつできるようにね。」

「はい！」

屋内にもどるおばあちゃんを見送って、手元のお皿を見たらからっぽになっていた！

「ウリ坊！　どうしてあたしのプリン食べるのよ！」

のんびり宙にういているウリ坊にどなった。

すると鼻をいじりながら、ウリ坊が答えた。

「おれやないで。ユーレイがモノ食えるかいな。」

言われて、はっとした。

「たしかに……。」

でも、ウリ坊じゃなければ、だれがプリンを食べちゃったの？

（おいしすぎて、あたしが一気に食べちゃったのかなあ？　ぜんぜん覚えてないけど。）

首をかしげた。


つぎの日。

「今日からこのクラスでいっしょに勉強する関織子さんです。」

先生が紹介してくれた。

「じゃ、あいさつ！」

先生に、ぽんと肩をたたかれて、言った。

「関織子です！　おっこってよんでください。春の屋旅館に住んでます！」

「ああ、春の屋旅館さんの子なんだ。」

「へー、あそこか。」

「おっこー、よろしくー！」

みんないっせいに拍手で迎えてくれた。

「よっ、春の屋！」

みんなにまじってウリ坊が声をかけてきた。

（もー、ウリ坊ったら学校にまでついてきてるし！）

ちょっとめんどくさいかも。

でもクラスの子たちはみんな話しやすくて、ほっとした。

休み時間になった。

「わたし、池月よりこ。うちは花の湯温泉通りで和菓子店やってるんだ。」

女の子が笑顔で話しかけてきた。

「春の屋旅館さんも、いいお客様だよ。うちのお菓子って、けっこうおいしいんだよね。お兄ちゃんがお菓子作ってるんだけど、いっつも新作菓子のことを考えてるの。」

「へえー。」

「お兄ちゃん、まじめで腕のいい菓子職人なんだけどねえ。あれでイケメンだったらモテたかも。顔がちょっと残念なの。」

（よりこちゃん、おもしろい！　それに笑うと猫みたいに目が細くなって、かわいい！）

会ったばかりなのに、よりこちゃんと盛り上がった。

このまま仲良くなれそう！　うれしいなと思っていたら、ふいによりこちゃんの声が小さくなった。

「……おっこちゃん、それよりピンふりには気をつけてね。」

「ピンふり？」

「そう、ピンクのふりふり……。」

言いかけたよりこちゃんの後ろから、ピンクのかたまりがすっと近寄ってきた。

あたしは、びっくりした。

だってこんなにピンクのものを一度にたくさん身に着けている人は、見たことがない。

ピンクのレースがわっさり重なり合った、パーティドレスみたいなワンピース。

もこもこ、くるんくるんにカールした髪にも、大きなピンクのリボン。

デコレーションしすぎて、クリームがこぼれおちかかっているショートケーキみたいだった。

（なるほどー。ピンクのふりふりがいっぱいだからピンふりさんなのかあ。）

かわいい顔だけど、すっごく気が強そう。

きっとつり上がった目の、その目力がすごすぎる。

ピンふりさんは、腕組みして、じろっとあたしをにらんだ。

3 わがままなお客様

ピンふりさんは、すわったままのあたしを見下ろして言った。

「あなた、春の屋さんにいるの？」

「うん、おばあちゃんがおかみをやってるの。」

「そう、うちも旅館なの。ご存じかしら？　秋好旅館。わたしはそこの一人娘で、秋野真月。」

秋好旅館のことは聞いたことがある。

花の湯温泉一大きくて豪華な旅館だって。

「春の屋さんてかわいい旅館よね。」

「あ、ありがとう。」

「こぢんまりした木造で客室はたったの五部屋。お料理もこのあたりで採れた山菜だの川魚だのを出してるんですって？」

あれ？　その言い方。

ひょっとして真月さん、うちの旅館のこと、ばかにしてる？

かわいい旅館、なんてほめてくれたのも上から目線ってこと？

「うちは料理も豪華で朝のバイキングも大好評なのよ！　今、露天風呂つきの客室を増やしているし……。」

あー。これ、めっちゃ自慢してるよ！

クラスのみんなも、なんか気まずそうだし。

「感じ悪いやっちゃなあ！」

ウリ坊もムカついてる！

あれ？　ウリ坊それ、何してるの？

後ろの壁にはり出してあるお習字の、赤い二重丸二つに手をかけて……ぺりっとはがして引っ張り出しちゃったよ！

ええっ、ウリ坊ってそんなこと、できるんだ！

「大勢のお客様をあきさせないようにするのって、お金がかかって大変だわあ。いいわね、春の屋さんは。そんな心配がなくって！」

真月さんが、そっくりかえったときだった。

「やっ。」

ウリ坊がはがした赤い二重丸を両手で投げた。

それはぴたっと真月さんのほっぺたに、一つずつくっついた！

（うっ！　ラーメンのナルトの、でっかいのがくっついたみたい！）

ぷっとふきだした。

「何がおかしいの!?」

真月さんが、むっとして顔をしかめた。

まわりを見ても、だれも笑ってない。

むしろひきつっている。

真月さんのナルトほっぺは、あたし以外には見えていないみたい。

「ご、ごめん。ピンふりさん……あの、ちょっと、その。」

言いわけしようとしたら、

「ピンふり？」

真月さんが首をかしげた。

「ピンふりって何？」

「何って。ピンクのふりふりのことでしょ？」

おおーっと教室中がどよめいた。

あれ？　ピンふりさんって、本人に言っちゃいけないことだった？

「あなた！　わたしをバカにしてるの？」

あー、しまった。でも、もう、言っちゃったものはしかたないよね。

「そ、そんなことないけど。ほら、そのかっこう、ちょっとハデっていうか、ういてるっていうか。」

「なんですって!?　わたしはふつうってものにうずもれたくないの！」

真月さんはぐいっと、つめよってきた。

「でも時と場所に合ったかっこうってものがあるんじゃ。」

「それがふつうってことでしょう！　わたしはこの社会に、いえ、この宇宙に衝撃をあたえたいの！」

めっちゃ怒っている真月さんの後ろで、ウリ坊が笑いながら両手を動かした。

え、何？　また何か、いたずらした？

思ったとたんに真月さんの鼻の下に、黒いひげが現れた。

「by スティーブ・ジョブズ!!」

有名人の名言らしいものを、真顔でさけぶ真月さん。

でもその顔、ナルト＋ひげ……。

もう、だめ。無理。

笑うのをがまんしてたら、涙が出てきちゃった。

「ぶふふっ！」

とうとうふきだした息のいきおいで、ナルトとひげがはらりと落ちて消えた。

「くふふふっ、あはは！」

もう、笑いが止まらない。

「……なんて失礼なの！　あなた、春の屋さんの評判をこれ以上落とさないようにね！」

真月さんは肩をいからせて、教室を出ていってしまった。

（え？　今の何？）

「それ、どういうこと？　うちの旅館はいい旅館よ！」

あたしのことはともかく、春の屋旅館を悪く言われちゃ、がまんできない。

追いかけていこうとしたけど、真月さんはさっさと行ってしまった。

「すごい！　おっこちゃん！」

よりこちゃんがさけんだ。

「ピンふりがおかしいって、本人に言ったのはおっこちゃんだけよ！」

「びっくりした！」

「てか、すーっとしたよね！」

「おっこちゃん、勇気ある！」

クラスの女の子たちが、取り囲んで言ってくれた。

別に勇気があるから、言ったわけじゃない。

いきがかりで、ついいって感じなんだけど……。

そのとき、すっと白いかげが前を通りすぎた。

（ん？　ウリ坊？）

見上げたらウリ坊じゃなかった！

白いワンピースを着た、小さな女の子が教室の天井近くにういている！

（ええっ！　ユーレイはウリ坊だけじゃなかったの!?）

キラキラした大きな目にさらさらの長い髪、すっごくかわいいユーレイだ。

ウリ坊と同じであたしにしか見えないみたいで、だれもその子を見てない。

その子はなんだかおこった顔をして、ぶん！　と腕をふり下ろした。

するとあたしのつくえががたがたゆれて、ノートやペンケースが床に落ちた。

あわてて、落ちたものを拾おうとかがんだとたん、ピンクの蛍光ペンだけが床に落ちずに、顔の前にういているのに気がついた。

（え、ええ？）

つかもうと手をのばしたら、ペンがすいっと見えない手でにぎられているみたいに宙をおどり、ささっと顔の前で上下した。

かと思ったら、あたしの手の中にすとん！　とペンがおさまった。

「え、ええー？」

なんか、ほっぺたにひんやりした線が走った感じするんだけど。

まさか？

するとあたしの顔をのぞきこんだよりこちゃんが、声を上げた。

「おっこちゃん、その顔どうしたの？」

あたしの顔！　どうなってるの？

「ピンクの蛍光のひげがあるわよ！　自分で描いたの？」

「あははは！　その顔！」

「おっこちゃんっておもしろいのね！」

みんなあたしの顔を指さして、大笑いした。


クラスのみんなに、あたたかーく迎え入れてもらったのはよかった。

転校生はおもしろくって勇気のある子だって、人気者っぽい感じになったし。

とはいうものの……。

「ウリ坊のほかにもユーレイがいたなんて……。」

学校からの帰り道、ため息が出た。

「あいつ、追いかけたけど、どっかに消えよった。」

ウリ坊の報告にも、がっかり。

あの子、えいって指さしただけで、ノートが落ちたり、ペンが宙をおどったりした。

またとつぜん出てきて、あんないたずらをされたらこまるよ。

「あれ？　だれか神社の前におるぞ。」

ウリ坊に言われて気がついた。

神社の石段の下のところで、男の子がすわりこんでいる。

「あかね、だいじょうぶか？　水分をとりなさい。」

その子のお父さんらしい、髪の長い、めがねの男の人がペットボトルをわたそうとするんだけど、男の子は首をふって飲もうとしない。

「どうしたんだろう？」

「声かけてやったらどうや？」

「なんて？」

「具合でも悪いんですか、とか。道に迷われたんですか、とか。」

「そっか！」

あたしはその二人連れに声をかけた。

「……だいじょうぶですか？　気分でも悪いんですか？」

「……心配してくれてありがとう。ちょっと息子が熱を出してしまってね。」

「え……。」

男の子はちょっとまぶたを開けてこっちを見たけど、すぐに目を閉じてうつむいてしまった。なんだか、すごく苦しそう。

「宿をさがしているんだが、どこもいっぱいでね。」

お父さんも疲れた顔だ。

（宿……。）

「おっこ、うちに泊まりませんか？　って言うてみたらどうや？」

うん、ウリ坊の言うとおり、宿をさがしている人には、そう言いたいけど……。

二人とも、ぼろぼろになったくつをはいていた。リュックサックもよごれているし、服もよれよれ。

うちに来られるお客様は、きちんとしたかっこうをしている人が多い。

（……この二人を連れていったら、おばあちゃんに、怒られないかな。）

心配顔のあたしにウリ坊が言った。

「峰子ちゃんは、身なりで人を判断するような子やないで。」

そうだった！「花の湯温泉のお湯はだれもこばまない。すべてを受け入れて、いやしてくれる。」だった！　ようし。

「あの、うち旅館をやってるんです。いらっしゃいませんか？」

思い切ってそう言った。

「春の屋のおかみでございます。ようこそいらっしゃいました。」

おばあちゃんが二人のお客様……神田幸水さん、あかねさん親子に、ていねいにあいさつした。

「とつぜんに申し訳ありません。」

幸水さんがすまなそうに言った。

「いいえ、お疲れでしょう。さ、お部屋にどうぞ。」

「な、峰子ちゃんはどんなお客さんにも礼をつくすんや。」

（うん！）

ウリ坊が得意そうに言った。

あたしもうれしくて、ウリ坊にうなずいてみせた。

おばあちゃんは「やまぶきの間」に二人を案内すると、すぐにふとんをしいてあかねさんを寝かせた。

「お医者様をおよびしましょうか？」

「いえ、だいじょうぶです。息子は疲れるとよく熱が出るんです。温泉で療養できますし、ちょうどいいですよ。」

あたしは、目を閉じているあかねさんに、ずれたふとんをかけなおしてあげた。

（……あかねさんって、色が白くてまつ毛が長くて、すごい美少年かも……。）

そんなことを考えていたら、あかねさんがうっすら目を開いてこっちを見た。

目が合ってどきっとした。

「……ありがとう。」

いかにも迷惑そうに言って、顔をそむけた。

（あれ、なんかあかねさんって……態度悪くない？）

いや、お客様のこと、そんなふうに思っちゃいけない。熱が出て、苦しいからだよね。

「こちらへはご旅行でいらっしゃいますか？」

幸水さんが注文したビールを出して、おばあちゃんがたずねた。

「墓参りのついでに温泉にでも入ろうかと。じつは……先月妻が亡くなりましてね。」

（えっ。）

あたしは、びっくりした。

（そうだったんだ。あかねさんも、お母さんが死んじゃったんだ。）

それで元気がないし、そんなにさびしい顔をしてるんだ。

その気持ちは、わかる……。

もしあたしも、亡くなったのがお母さんだけだったら、お父さんの前で、ずっと暗い顔してたかも。

自分のことを心配してくれて、こうやって旅行に連れてきてくれるお父さんがいるのは、うらやましいことだよ。

でも、お客様にそんなこと言えないもんね……。

「それは！　大変な思いをなさったんですね。おかわいそうに……。」

おばあちゃんがあかねさんのほうを見た。

「お悔やみ申し上げます。」

あたしもおばあちゃんといっしょに、頭を下げた。

するとふとんの中からあかねさんがさけんだ。

「ほら、すぐそれだ！　母さんが死んだって言ったら、どいつもこいつも、かわいそうって。もうたくさんだ！」

「あかね……。」

幸水さんが苦し気に顔をゆがめた。

「父さん、帰ろう！　ほんとうは温泉なんて来たくなかったんだ！」

あかねさんはふとんをはねのけて立ち上がったが、すぐにぐらっとくずおれて、ひざをついてしまった。

「あかね、寝てなさい。」

でも、あかねさんは、まださけんでいた。

「しかもこんな山の奥のちっぽけな……。」

そこが限界だった。これ以上、だまっていられない。

いくらお母さんが亡くなってつらいから、悲しいからって、なにを言ってもいいってわけじゃない！

「あの！」

あたしはあかねさんの前に身を乗り出した。

「なんだよ！」

「お父さんが、あなたを元気づけようとしてくれたことでしょ。その気持ちがわからないの？」

すると、あかねさんはあたしに背中を向けて、ぷいっと窓のほうを見た。

「おまえに何がわかるんだよ。」

「わかるわよ！」

自分でもびっくりするような大声だった。

「あたしも両親を亡くしたばかりだもん！」

（ああー、言っちゃった……。）

ぴくん、と、あかねさんの背中がゆれた。

幸水さんも、はっとおどろいてあたしを見た。

おばあちゃんも固まってるし、部屋の空気がはりつめちゃったよ。

ああ、でも、言ってしまったものはしかたない。

「……でもみんな心配してくれてるから、がんばらなきゃって思ってる。」

あたしはそう続けた。

するとあかねさんがこっちを見た。

すっごく冷たい、イヤーな目つき！

きれいな顔なのがよけいにムカつくんですけど！

「なんでもかんでもがんばらなきゃいけないって考え、ぼく、きらいだね。」

（ええ？　そう来る？）

かちんと来た！

おばあちゃんも幸水さんも、はらはらしてあたしとあかねさんを見てる。でも、もう止まらない！

「どういう意味？」

「がんばらなくていいときに、がんばってるやつ、見るのもきらいだし。」

「それ、あたしのこと!?」

「そうだよ、熱血ぶっちゃって。」

「おっこ！」

おばあちゃんがさけんだ。

おもしろそうにウリ坊もさけんだ。

「ひねくれたやっちゃなあ！」

「ほんと、なんてひねくれたやつなの！」

「おお！　エエぞ、おっこ、もっと言うたれ！」

「おっこ！　いいかげんにしなさーい！！！」

とうとう、おばあちゃんが爆発した。

「いくら同じ年頃だからってお客様はお客様。そんなことじゃ、春の屋の若おかみになる資格はないよ！」

はなれの居間でたっぷりしかられた。

「もっとふつうのお客様ならよかった。」

「ふつうなんてあいまいなものさしで、お客様を計っちゃいけない！　ふつうのお客様なんて言い方は、お客様を見てませんというのと同じ。もてなしの道にもとることだよ！」

障子が、びりびりふるえそうなきびしい声だ。

あたしは、それでもくやしくてだまっていた。

おばあちゃんは、ふーっと息をはくと、正座をしなおした。

「花の湯温泉のお湯はね、だれもこばまない。どなたでも受け入れるんだよ。神様からいただいているものだからね。」

はっとした。

（そうだった。そう思ってあかねさんたちをお連れしたんだ……。）

「もう少し気持ちが落ち着いたら、あやまりに行けるかい？」

今度は優しく聞いてくれた。

「……行けない。」

だって、やっぱりムカつくんだもん！

おばあちゃんがため息をついた。

「行こうや。」

ウリ坊までも、顔をのぞきこんできてそう言った。

「なっ！」

かちんときた。

ウリ坊だって、いっしょになってあかねさんのこと、怒ってたくせに！

「べー！」

ついウリ坊に舌を出してみせた。

おばあちゃんが、ますますこまった顔になった。


結局、あやまりに行った。

おばあちゃんといっしょに頭を下げると、幸水さんが笑って言った。

「あ、いやいや、おかみさん、若おかみも顔を上げてください。悪いのはこちらですから。」

「お気づかいおそれいります。」

おばあちゃんがまたあやまる。

「……申し訳ございませんでした。」

あたしもあやまったけど、棒読みにならないようにするのがせいいっぱいだよ。

「それより若おかみと言い合ったのがよかったのか、あかねの熱も下がったみたいです。」

「おなかすいたよ……。」

ふとんから体をおこしたあかねさんが、タブレットを見ながらつぶやいた。

「まあ、それではお夕食を運んでまいりますね。」

おばあちゃんが言った。

「お願いします。」

幸水さんが答えたそのとき。

「オムライスが食べたい。」

急にあかねさんが言った。

「あかね、ここはレストランじゃないぞ……。」

幸水さんが注意したけど、おばあちゃんは笑って答えた。

「ご用意させていただきます。」

「それから……。」

あかねさんが、見ていたタブレットを下ろした。

「ケーキ！」

「いいかげんにしないか。わがままが過ぎるぞ！」

幸水さんに怒られて、あかねさんはタブレットを、床の上にぽんと放り出した。

「言ってみただけだよ……。」

（あ。）

タブレットの画面が見えた。

そこにはあかねさんと、お母さんらしい女の人の写真が見えた。

ロウソクを立てたバースデーケーキ。

その人と寄りそって、ケーキの前で笑っているあかねさんはとても楽しそうだ。

そして、今よりもずっと子どもっぽい顔つきだ。

この写真をお母さんと撮ったとき、あかねさんは来年も再来年もずっと同じようにお誕生日を祝ってもらえるって思ってたんだよね。

今日みたいな日が来るなんて、思ってもいなかったよね、きっと。

「……あたし、買ってくる。」

たまらなくなって、春の屋を飛び出した。

外は真っ暗。夜の温泉通りを着物のまま必死で走った。

(ここもう閉まってる……。)

坂道のはずれのほうの洋菓子店まで来てみたが、もう閉店していた。

「なんであんなやつのために、ここまでがんばるんや。」

ついてきてくれたウリ坊が、あきれたように言った。

「……あかねさん見てたら、グウッて胸にささってきて。何かしてあげたくなったの。」

ウリ坊は、しょうがないなあといった顔で、お菓子屋さがしにつきあってくれた。

「ここもあかんやん！」

おそくまで開いているはずのケーキ屋さんまでやってきたけど、「休業」のふだが下がっていた。

ずっと走ってきたから、息が苦しい。

「ど、どうしよう……。」

はあはあいいながら、閉まっている店の前で、とほうにくれていた。

すると、後ろでドアが開く音がした。

鼻歌とともに、だれか出てきた。

カラオケカフェ&スナック・フレンズのママさんだ。

「あら？　あなた春の屋さんの子よね？　どうかした？」

声をかけてくれたママさんは、キラキラかがやく服を着ていて、それに頭には、女王様みたいなティアラがのっていた。

キラキラにつつまれたママさんのぷりんぷりんした丸い顔は、何かに似てると思った。

（あっ！　プリン！　春の屋プリン。）

前に康さんが作ってくれた、にぎやかなデコレーションのプリンだ！

それにキラキラの服やティアラは、露天風呂のお湯が、まばゆい陽の光をはね返して輝いているみたい。

（ふふ、温泉につかったプリンみたい。）

その瞬間、ひらめいた。

(プリンだったら今からでも作れるかも！　うん、花の湯温泉ぽい、温泉プリンなんていいかもしれない！)

「よし！　温泉プリンだ！　ママさん、ありがとう！」

「プリン？」

ママさんが不思議そうにしていたが、もうあたしはかけだしていた。

「気ィ悪うせんといてや。」

ウリ坊が、ママさんにそう言うのが聞こえた……。

ママさん、ごめん……。

でも、ありがとう!!

4 いたずらユーレイの正体

あたしは春の屋旅館の厨房にかけこんで、康さんにさけんだ。

「プリン！　お客様に温泉プリンを作りたいの！　材料あるかな？　ええと卵と牛乳お砂糖それから……。」

あたしのいきおいに、康さんはびっくりしながらも、手伝ってくれた。

お菓子作りは、お母さんとときどきやっていた。

クッキーやサブレなんかは、けっこう上手に作れた。

パイとかむずかしいものは無理だけど、プリンだったら一人でも作れる。

ひらめいたのは花の湯温泉名物の黒豆だ。

あまく煮た黒豆をミキサーにかけ、ピューレにしておく。

ボウルに卵を割り入れ、牛乳を入れて泡立てないようにまぜる。

そこに黒豆のピューレを加えて、さらにまぜる。

それをプリンカップに入れて蒸したら、熱々の黒豆風味のプリンのできあがりだ！

それに生クリームと栗の甘露煮をかざりつけた。

白いクリームは花の湯温泉のお湯、栗は露天風呂の岩に見立てたものだ。

プリンからふうわり上がる湯気が、本物の温泉みたい！

「これはたいしたものだ……。熱いプリンなんて、よく思いつきましたね！　お客様に出してもはずかしくないできですよ！」

味見した康さんがほめてくれた。

「ありがとう！　康さん！」

「エエなあ、おれも食べたいなー。」

ウリ坊も、感心してくれた。

さっそくきれいに盛りつけた温泉プリンをあかねさんの部屋に運んだ。

「……ごめんなさい、ケーキ屋さんがもう閉まっていて。

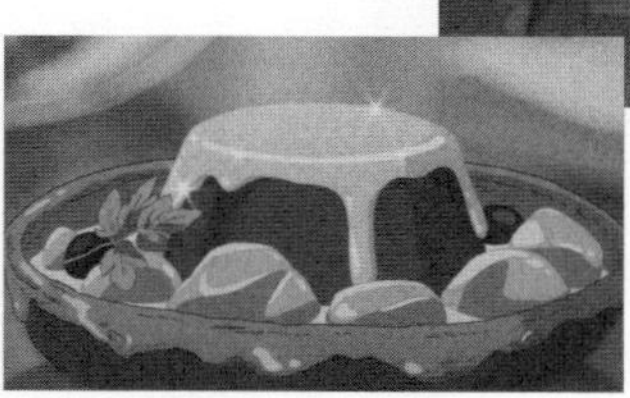

でも、これおいしいと思うから食べてみて。」

するとあかねさんは、

「ありがとう。」

とは言ったものの、座いすの背もたれにのけぞるようによりかかって、

「あーあ！」

うっとうしそうにプリンから顔をそむけた。

（……やっぱり、これじゃ、ケーキの代わりにはならなかったかな……。）

がっかりしてしまった。

「あかね！　……せっかく用意してくれたのに、すまないね。」

幸水さんが、あやまってくれた。

「い、いえ、空いたお皿をお下げします！」

「とてもおいしかったよ。あかねもオムライスをぺろりとたいらげたよ。」

「わー、お料理をきれいに食べていただいてうれしいですっ！」

お皿をかたづけていると、幸水さんが、テーブルのはしにコップを置いて、ビールをそそいだ。

「さ、柚木。」

見るとそこには、写真が立ててあった。

明るい笑顔の女の人の写真。あかねさんがタブレットで見てた写真の人……お母さんだ。

どことなくあかねさんに似ている。

写真の前には、一輪挿しに生けたお花、幸水さんに出したのと同じ料理、それにおはしが一膳置いてあった。

「それは……?」

「おかみさんが妻の分の料理を用意してくれたんだよ。また妻といっしょに食事ができるなんて思っていなかったよ。」

「あーあっ!」

あかねさんが大きな声を上げた。

見ると、あかねさんは泣いていた。

あかねさんはふとんの中に、飛びこんだ。

「ううっ……。」

ふとんの奥から、泣き声が聞こえる。

「あかね。ここに来てよかったな。」

幸水さんが、声をかけた。

ふとんがぴくんとゆれた。

あかねさんは返事をしなかった。


（ふーっ。今日はいそがしかったなあ。）

自分の部屋で帯をほどいた。

ようやく旅館の仕事はおしまいだ。

着物をぬいだら、どっとねむくなってきた。

「あれ？」

勉強づくえの上の、お父さんとお母さんの写真の前に、温泉プリンが置いてあった。

ちゃんと木のスプーンとお茶もいっしょにならべてある。

（おばあちゃんが、ここにもおそなえしてくれたんだ。）

お父さん、お母さんにもあたしが作った温泉プリン、食べてほしいな。

おいしいって、言ってくれるかな。

そんなことを思って寝たせいか、その夜は、お父さんとお母さんが、温泉プリンを食べている夢を見た。

「うまい！」

「おいしい！」

お父さんとお母さんが同時に声を上げた。

「お母さんが教えただけあって、料理の腕はなかなかなものね。」

お母さんが満足げにうなずいた。

「お母さん、お母さん、もうひと口！」

お父さんが小さい子みたいに、あーんと口を開けた。

「もう、子どもの前で！　あなた、自分で食べなさいよ。」

「お母さんがプリンを持ってるからさー。」

「もーう！」

お父さんは、ときどきこんなふうに、ふざけてお母さんをこまらせる。

あたしは、おかしくてたまらなかった。

するとふいにもやもやしてきた。

（こんなにお父さんもお母さんも元気で楽しそうなのに。なんでこんなに不安なんだろ。）

今にも、二人が消えてしまうような気がする。

いや、そうじゃなくて、もう本当はいないのかも。生きてこの世にはいないのかも。

どうしてだか、そう思ってしまうのだ。

真っ暗な穴が胸の奥に開いている。小さな穴なんだけど、そこから冷たい風が吹き込んでくる。

そしてその穴が、じわじわ広がって大きくなってくる。そんな感じ。

がまんできなくなって、たずねてしまった。

「ねえ、お父さんとお母さんは、生きてるんだよね？」

すると二人は目を丸くした。

お父さんなんか、おどろきすぎてゴホゴホッ！　せきこんでしまった。

「当たり前じゃないか！」

「うん！」

何をばかなことを言ってるの？　って言いそうな二人を見たら、ほーっとした。

そうだよね。そうだよね。

二人が生きてないなんて、どうしてそんなヘンなことを思ったんだろう……。

でも……。でも……。

なんかちがう気がする……。


目が覚めたら、目覚まし時計が止まっていた。

「あ、あれ？　もう、こんな時間！」

早く起きて、幸水さんとあかねさんの朝食のお世話を手伝うつもりだったのに、寝すごしてしまった！

大急ぎでふとんをはねのけて、起き上がった。

「あれ？」

お父さんとお母さんにおそなえしていた温泉プリンの器が空になっていた。

いっしょに置いてあったスプーンもちょっとよごれている。

（ええ？　お父さんたち、ほんとうに食べちゃったの？　……まさかね！）

ヘンだと思ったが、考えているヒマはなかった。

幸水さんとあかねさんが、急に出発されることになったのだ。

「あかねが学校に行くと言いだしましてね。もう少しのんびりする予定だったんですが……。すみませんね。」

チェックアウトをすませ、玄関でくつをはいた幸水さんが、おばあちゃんに言った。

「いえいえ、お元気になられてようございました。」

「こちらの若おかみにも刺激されたみたいです。」

幸水さんの言葉に、おばあちゃんがうれしそうに笑った。

「タクシー来たよ！」

ひと足先に外に出たあかねさんが、そう言って手をふってきた。

顔色もよくなって、目もキラキラしてる！

ほんとうに元気になったみたいだ！

「じゃ、あいつの気が変わらないうちに行きますよ。」

幸水さんが歩きだした。

荷物を持ったエツコさん、おばあちゃんもその後に続く。

あたしもいっしょに見送ろうと、ぞうりをはいた。

するとすうっと白いかげが、目の前をよぎった。

(あれ?)

ふりかえると、白いワンピースの女の子が、カウンターのほうに向かって飛んでいくのが見えた。

(あの子だわ! 学校に出たユーレイ!)

その女の子がちらっとふりむいて、くすくす笑ったかと思うと、カウンターの上に置いてあった筆ペンがこっちに向かって飛んできた!

(ああっ! まただわ! あの子のいたずらね!)

筆ペンのキャップがぽんとはずれると、あたしの顔の前でしゃしゃっと動いた。

「わあっ!」

必死で宙をおどる筆ペンをつかまえた。

「おっこ、何をしてるんだい?」

おばあちゃんに声をかけられて、

「あ、は、はいっ!」

あわてて外に飛び出すと、タクシーの前にいたあかねさんが、ぷっとふきだした。

「あははは! どうしたのその顔!?」

（くー、またペンでいたずら書きされたんだわ！）

「ご、ごめんなさい、こんな顔で。」

そでで顔をかくした。

「きみ、ほんとうに変わってるね！　ははは。」

あかねさんが大笑いした。

「……昨日のプリン……露天風呂みたいなプリン、母さんといっしょに食べたよ。とってもおいしかった。」

「えっ。」

「ありがとう。若おかみ。」

あかねさんが手をさしだしてきた。

「わ、あ、ありがとうございます！」

筆ペンをにぎったままの手をさしだしてしまい、あわてて反対の手を出したりしてまたあかねさんに笑われた。

握手したあかねさんの手は、思ったよりも大きくてあたたかかった。

「じゃあね！　さようなら！」

タクシーが走りだしても、窓から手をふってくれた。

あかねさんの顔つきは、はればれとしていて昨日とは別人みたいだった。

「さようなら！」

あたしもタクシーが見えなくなるまで手をふり続けた。

「おっこ、ひじどころか、二の腕まで出して手をふるもんじゃないよ。」

さっそくおばあちゃんに注意された。

「それから、その顔をあらったら、お使いをたのまれておくれ。あたしの代わりに茶丸屋さんに行ってほしいんだよ。」

「はあい。」

すぐに洗面所で顔をあらった。

ほっぺたに黒々と描かれた筆ペンのひげは、なかなか取れなかった。

何回もごしごしやっていると、ウリ坊が話しかけてきた。

「そのひげ、あの学校におったユーレイがやったんちゃうんか？」

「うん。そうなんだけど……ねえ。」

やっときれいになった顔を鏡でたしかめながら言った。

「あんなふうに喜んでもらえるなんて、旅館の仕事ってすごいね！」

あんなに元気がなかったあかねさんが、にこにこ笑いながら帰っていった。

康さんのおいしい料理や、花の湯温泉のきれいな景色やあったかいお湯、おばあちゃんの心づかいや（それにあたしの温泉プリンも？）いろんなものが、あかねさんが元気になるきっかけを作ったんだ！

そう思ったら、温泉旅館のパワーってすごくない？

「……まあ、そやな。」

ウリ坊もうなずいた。


「はじめまして。春の屋の若おかみでございます……。」

茶丸屋旅館に行く道で、あたしはずっとあいさつの練習をしていた。

大人の女の人みたいな小さなバッグを手に、着物すがたですまして歩いていると、一人前のおかみになった気がしてくる。

「本日はおかみの使いでまいりました……。」

せいいっぱい上品に言っていたら、あたしのちょっと上あたりをゆっくり飛んでいたウリ坊が大声でさけんだ。

「おっこー！　見てみい！」

「ん？　何？」

「ほら！　こいのぼりや！」

小走りになって、坂を急いだ。

高台から見えた景色は、すごかった！

何十匹という色とりどりのこいのぼりがならんで、花の湯温泉の街の空を泳いでいる！

「わあーっ！」

坂を下ってみると、やぐらを立てて空にはりめぐらせたロープにたくさんのこいのぼりがつながれているのだということがわかった。

「あれ？」

ピンクのゆったりパンツにフリルいっぱいの上着、リボンのついたピンクのヘルメットの女の子が、やぐらの上に立ち、あれこれスタッフに指図しているのが見えた。

真月さんだ。

そっか、このたくさんのこいのぼりを出しているのは、秋好旅館だったのか！

「うん、両端は小さいこいのぼりで正解ね！」

「はい。お嬢さんのおっしゃるとおり、奥行きが出ていい感じですね。」

「『*習わしは万物の王』byヘロドトス！」

真月さんは満足そうにこいのぼりを見上げ、例によって、よくわからない名言をさけんでいる。

「はあー、作業服までピンふりや！　こいのぼりといっしょにぶらさがる気いか？」

ウリ坊があきれたように言った。

「やだ、ウリ坊ったら。あはは！」

笑ったときだった。

強い風がふいてきて、タンポポの白い綿毛がかたまりになって飛んできた。

「うわっ、ぶふうっ！」

くしゃみが出た。

「ああっ、あいつや！」

ウリ坊が空を指さした。見上げると雲のかげから、白いワンピースの女の子が現れた。こっちを見てくすくす笑っている。

「こらっ！　おまえのしわざかっ！」

「あなた、いたずらがすぎるわよ！」

二人して怒ったが、ぜんぜん気にしていないみたい。

女の子はずっと笑っている。

「おい！」

ウリ坊が女の子を追いかけて、しゅわっと空に飛び上がった。

「関さん、何してるの!?」

やぐらの上から真月さんが声をかけてきた。

「あ、あの。」

答えようとしたが、空で追いかけっこをしているウリ坊と女の子のユーレイ二人組のほうをつい見てしまう。

「何？　なんなの？」

真月さんもあたしが見ているほうに目を向けて、

「何!?」

と、おどろいた。

　というのは女の子が手招きしたとたん、大きなこいのぼりが一匹ロープをはなれ、空をかけのぼっていったのだ。

「お嬢さん、あれ！　一匹飛ばされちまいました！」

　作業をしていた秋好旅館のスタッフの人が、どなった。

「人に当たったら大変だわ！　すぐになんとかしないと！」

　真月さんたちには、風にあおられ飛ばされたようにしか見えない。

　しかしこいのぼりは、女の子の指図したとおりに動いていた。

　まるでお姫様に忠実な龍みたいだ。

　女の子はウリ坊のすぐそばにこいのぼりを泳がせて、びっくりさせたかと思うと、ひょいっとこいのぼりの背中に乗って、すいすい空をかけた。

(あの子、すごいわ……。どんなものでも思いどおりに動かせるのね。)

こいのぼりを追いかけているうちに、春の屋旅館にもどってしまった。

おなかいっぱいに風をはらんでいたこいのぼりは、春の屋旅館の上空で急にへなへなと飛ぶ力を失い、ぺたんこになって庭の木に落ちてきた。

「あいつ、ここまで飛んできて、消えよったわ!」

ウリ坊があたしの横に下りてきた。

「なんでうちに?」

首をかしげていると康さんが表に出てきた。

「若おかみ、お帰りなさい!」

「康さん、ただいま。」

「茶丸屋さん、いかがでした? 優しいおかみさんだったでしょう?」

そう言われて、思い出した! お使いに行くとちゅうだった!

「ああーっ! 忘れてたっ!」

今から行ってくるとかけだそうとしたら……。

「おっこ!」

おばあちゃんの怒った声！

「今日はもういいよ。いそがしいからね。ああ、康さんこいのぼりはそのままでいいよ。秋好旅館のスタッフさんがすぐにみえるそうだからおまかせして、仕事にもどっておくれ。」

「はい、おかみさん。」

康さんは、木から下がっているこいのぼりをそのままにして、旅館にもどった。

「ごめんなさい……。」

言いわけも聞いてもらえないうちに、おばあちゃんも旅館の仕事にもどってしまった。

「フフフ。」

後ろで笑い声がする。

ふりかえったら、さっきの女の子が屋根にすわってこっちを見下ろしていた。

「あなたって、ほんとうにおっちょこちょいでとんちんかんでまぬけよね。」

「おまえなあ！　たしかにおっこは、おっちょこちょいでとんちんかんでまぬけなところはあるけどもやな。」

ウリ坊まで、ひどいっ！

「若おかみっていうより、バカおかみじゃない？」

バカおかみぃ？

「うははは！　うまいこと言いよる！」

ウリ坊何笑ってんの!?　もうっ！

「真月とは、おおちがいね！」

「え？」

あたしも、ウリ坊もびっくりした。

なんで、このユーレイ少女から真月さんの名前が？

「ピンふりの知り合いなんか？」

ウリ坊がたずねた。

「妹をピンふりって言わないで！」

女の子がさけんだ。

「真月さんが、あなたの妹？」

おどろいて、その子の顔をじっと見た。

（そう言えば、この子……真月さんにそっくりだわ！）

＊『習わしは万物の王』　そもそもはピンダロスのことばだが、ヘロドトスが著書『歴史』で紹介して世に広まった。

5 また増えた？　人外メンバー！

（ほんとうにこの子の妹が真月さん？　どういうことなんだろ？）

そう思ったとき、秋好旅館の車が春の屋の前に止まった。

スタッフの男の人が二人、車から降りてきて聞いてきた。

「ご迷惑おかけして申し訳ありません！　おけがをされた方はいらっしゃいませんか？」

「あ……、だいじょうぶみたいです。」

「よかった。お嬢さんもほっとされるな、おい。」

「ああ！　じゃ、すぐに、そのこいのぼりはかたづけますんで。」

その会話を聞いた女の子はうつむいて、とてもさびしそうな顔をした。

そして、だらんとたれたこいのぼりのそばにやってきて、

「……ありがとね。」

声をかけ、優しくなでた。

女の子は、なぜか旅館の仕事をしているあたしの後にくっついてきた。

大浴場にお風呂用のいすを運んだり、足ふきマットを広げたりしているのを、興味深そうにながめている。

「おまえ、ピンふりの妹なんか？」

ウリ坊がたずねた。

「ちがう！　妹は真月よ！　わたしはあの子の姉よ！」

女の子はきっぱり言った。

「七歳のときに死んじゃったから、真月のほうが大きくなっちゃったの。」

ああ、それで！

小さい女の子のすがたをしているけど、話すことは真月さんがグレードアップしたみたいにしっかりしている。

中身は、あたしや真月さんより年上のお姉さんなんだもんね。

「じゃあ、真月さんのお姉さんなのね。」

「美陽っていうの！」

あたしよりも年上だってわかっても、見た目がかわいいから「美陽さん」ってよぶのもヘンだね。「美陽ちゃん」って感じ。

ま、そんなことを言ったら、ウリ坊なんておばあちゃんと同い年ぐらいだから、ほんとうはおじいちゃんだし。

でもウリ坊はウリ坊。いまさら「ウリ坊さん」なんてよべないよ。

「わたし、ここ気に入っちゃった！　だってたいくつしのぎにちょうどいいんだもの！」

「たいくつしのぎて……。」

ウリ坊があきれて言った。

またいたずらされちゃうかも。それはこまるなあと思ったけど……。

「秋好旅館では、なにしたってだーれも気がついてくれないんだもん。でもここだったら、すぐに大騒ぎになるから、おもしろくって！」

美陽ちゃんの言葉に、はっとした。

(美陽ちゃん、秋好旅館にいてもだれも話す相手がいないんだわ。妹の真月さんだって、美陽ちゃんのこと見えないし。)

美陽ちゃんが、さっきの秋好旅館の人たちの前で見せたさびしそうな顔を思い出したら、胸が痛くなった。

とても美陽ちゃんに、春の屋旅館に来ないでなんて言えない。

（ここにはウリ坊ってユーレイが住んでるんだし。もう一人ユーレイが増えたって、いいわよね。）

「春の屋旅館にユーレイがまた増えたってことね。」

そう言ったら、

「あら、増えたのはわたしだけじゃないわよ。」

美陽ちゃんがさらっと言った。

え？　どういうこと？

まさか、もう一人ユーレイが住み着いてるんじゃ……。

美陽ちゃんに案内されて、厨房に行った。

厨房の中にも、ユーレイがいる？

おそるおそる中に入ってみると。

そこにいたのはユーレイじゃなかった！

その子……茶色い顔と体、はだかに毛皮の腰巻き、頭に短い角が生えてる……どうみても鬼の子……が、康さんがきれいにならべたお茶うけのお菓子を、むしゃむしゃ手づかみで食べていた！

その食べっぷりをあきれて見てたら、康さんがふりむいた。

「若おかみ、どうしました？」

目の前の調理台にすわりこんでる子鬼が目に入らないはずはないんだけど、まっすぐにあたしを見る。

そうか。ユーレイだけじゃなくて、この子もあたし以外の人には見えないんだわ！

「あ、ちょっといいにおいだなって思って。」

笑ってごまかそうとしたけど、うまくいかなかった。

「ああっ！　若おかみ！　つまみ食いとは行儀が悪いなあ。」

食べ散らかしたお菓子に気がついた康さんに、怒られてしまった。

これは、あたしがやったんじゃない！

そう言いたいけど、うまくいいわけもできないし！

おたおたしてると康さんが、やれやれって感じで笑った。

「……で、どうでした？　今日の茶うけの味は。」

（え、えと味。味……。）

鬼の子を見た。するとその子は、ゆっくりお茶を味わいながら、

「グー！」

親指を立ててみせた。あたしも思わず親指を立てちゃった！

「イ、イエーイ！　最高においしい！」

すると康さん、喜んじゃって！

「でしょー！」

康さんまで親指を立てたのだった。

鬼の子に連れられて、みんなでぞろぞろ「開かずの間」に移動した。

鬼の子のさしだした木の箱を開けた。

前に見つけた、鬼の顔をした黒っぽい鈴が出てくる。

「この鈴が？」

びっくりして聞き返した。

鬼の子はこの鈴の中に住んでいるんだって。

何か悪いことでもしたのか、昔、この箱の中に封印されて長らく出られなかったというのだ。

「はい。ぼく鈴鬼っていいます。」

「鈴鬼くん？」

「いちおう、鬼の一族です。あなたが、ぼくの封印をといてくださったのですね。」

封印……。そう言えば、この箱を結んでいた古いひもをほどいたけど。あれが封印をとくことになっちゃったの？

（……そう言えば、あれからヘンなことが……。）

「もしかして、おそなえの温泉プリン食べたのも鈴鬼くん？」

「……おいしかったです。」

鈴鬼くんが認めた。

「そっか。そうだったんだ。」

亡くなったお父さんとお母さんが、ほんとうにプリンを食べられるはずがない。

ちょっとだけ、がっかりした。

「食いしん坊の子鬼なんて、初めて見たわ！」

美陽ちゃんがあきれた顔で言った。

「こいつ、また箱に入れたったらエエんやないか？」

ウリ坊の提案に、鈴鬼くんがあせった。

「そんな！　やっと、ひさしぶりに出られたのに、それはあんまりです！　それにですね！」

鈴鬼くんが、急に姿勢を正してすわりなおした。

「ここにいろんなお客さんをよびこんでいるのは、ぼくなんですよ。」

「ほー。おまえなあ、めんどうな客ばかりよびよせとるんちがうか？」

ウリ坊に聞かれて、鈴鬼くんが、うっとつまった。

「え、ぼくいちおう魔物なんで。個性の強い人と相性がいいというか……ちょっと魔っぽい人をよんでしまうんですけどね。」

「やっぱりそうか！」

ウリ坊が鈴鬼くんにつかみかかった。

「こいつもう一回封印したろか！　その腰ひも、封印のひもやろ！　よこせ！」

「キャー、エッチ！　ひも、取らないでくださいよう！」

キャアキャア悲鳴を上げる鈴鬼くんを見ていたら、なんだかかわいそうになってきた。

「待って！」

止めたらウリ坊と鈴鬼くんが、不思議そうにあたしを見た。

「鈴鬼くん、ここに置いてあげよう。」

「えーっ！　おっこ本気か？」

ウリ坊がのけぞった。

「だって大変な人ばかりかもしれないけど、お客さんをよびよせてくれてるんだし。」

「わざわいをよびよせないとも言えないわよ。だって魔物なんだから。」

美陽ちゃんも心配そうに言った。

「ぼく、もめごとを起こさないようにがんばりますので！」

「ほんまか⁉」

「はい！」

ウリ坊につかまれたまま、鈴鬼くんが、うなずいた。

よーし。

あたしは鈴の箱を引き出しの中にしまった。

ユーレイだって鬼だって、一人はさびしいに決まってる。

さびしい子はみんな春の屋旅館に来ちゃえばいい！

でも、その代わりに……。

「……その代わり、旅館の仕事を手伝うのよ！」

鈴鬼くんに、言った。

「え？　あの、ぼくいちおう鬼なんですけど……。」

鈴鬼くん、ものすごくおどろいてる。

ま、そうだよね。鬼って、絵本とか昔話でしか知らないけど、ふつうは悪者でたいじされたり、こわがられたりしてるもんね。

人間に用事をたのまれる鬼なんて、聞いたことないし。

でも、それはそれ。うちにはうちのやり方があるもんね。

そしてうち、春の屋旅館の若おかみはあたしなんだから。

「鬼だってなんだって関係ないわ。春の屋旅館に住むんだったら、手伝ってちょうだい。」

しゅんとなった鈴鬼くんを、美陽ちゃんがおもしろそうに笑った。

おおっと、美陽ちゃんもわかってないぞ。

「美陽ちゃん、あなたもね！」

「えぇーっ！」

今度は美陽ちゃんが、びっくりした顔をした。

それを見てウリ坊と鈴鬼くんが、親指を立てて大笑いした。

いっしょに笑いながら、思った。

なんか、ここもずいぶんにぎやかになってきたよね。

増えるのは人外のメンバーばっかりだけど、いいのかなあ？

でもまあ、楽しくなりそうだし、いいよね。

みんないっしょのほうが、さびしくないもんね。

……というわけで、ユーレイ二人に子鬼一匹がいっしょの若おかみ修業生活が始まった。

最初はどうかなあって思ってたけど、なれてきたらなかなかよかった。

あたしが「あんずの間」の前の長いろうかをぞうきんがけしてるとするでしょ。

「美陽ちゃん、そこ終わったら裏側もお願いね！」

しぼったぞうきんで、ガラス戸をせっせとふいてる美陽ちゃんにお願いすると、

「はいはい、バカおかみさん。」

口の悪いのはあいかわらずだけど、美陽ちゃん、笑顔でテキパキとガラスふきをやってくれる。

きちょうめんな性格みたいで、すみずみまでふき残しもなし。

で、今度は庭にいる鈴鬼くんに声をかける。

「鈴鬼くん！　雑草取るときはコケはなるべくいためないようにね！　それに枯れ葉もあったら取っておいてね！」

すると、日よけのついたぼうしをかぶり、ゴムの長ぐつという、完璧草取りファッションの鈴

鬼くんが、

「はーい……。」

と返事をする。

ウリ坊が見張ってるから、こっちもなかなかていねいなイイ仕事ぶりだ。

「さすがおっこやな！　ユーレイも魔物もこき使うんやからな！」

ウケるウリ坊に鈴鬼くんが、

「ウリ坊さんはヒマそうですね！」

と、いやみを言ったりしているが、まったくウリ坊には通じていないみたい。

「あー？　おれは物を動かせるタイプのユーレイちゃうし、しゃあないやろ。まあ、幻を見せるんと、だれかにのりうつるぐらいはできるけどな。」

と、鼻をほじって庭にねそべっている。

仲の悪そうなこの人外男子ペアだが、けっこうしゃべってる。

「美陽さん、楽しそうにそうじしてますね。」

「秋好旅館ではだれも相手してくれへんかったからな、一人でつらかったんやろ。ようわかるわ。」

「ユーレイ同士、気持ちがわかるんですね。」

「まあなー。」

なんて。

おっと、おしゃべりに気を取られて手が止まってるぞ。

「鈴鬼くん、ウリ坊、池から流れにそって、枯れ葉がないかも見てくれるとうれしいんだけど！」

おかみ気取りで指図したそのときだった。

「おっこ、だれかいるのかい？」

急におばあちゃんが現れた。

「ひゃっ！」

びっくりして転んでしまった。

「おばあちゃん！　ううん、ううん、ちょっとひとりごと。」

気をつけなくちゃ。

ユーレイも魔物も見えない人の前じゃ、あたしは、だれもいない場所に話しかけたりおこったり笑ったりしてるヘンな子だもんね。

「……手が空いたら水領様のようすを見てきてくれるかい？　お昼も召し上がらなくてね。」

「あ、はい！」

水領様は、「やまぶきの間」のお客様。

女性お一人で、たくさんの荷物を持って泊まられているんだけど、部屋からぜんぜんお出にならないの。

露天風呂にも入られたようすがないし、お食事も召し上がらない。

さすがにおばあちゃんも心配してる。

「ご気分が悪いのならお医者様をよんでもいいし、食欲がないんだったら軽いお食事もご用意できるし。ご希望を聞いてきておくれ。」

「はい。」

「やまぶきの間」の前に立った。

あれ？

何か、においがする。何かいぶされたみたいな。

鼻をくんくんさせてみたけど、部屋の中からにおう気がする。

「失礼します。」

声をかけてふすまを開けた。

部屋は薄暗くて、つぎの間のふすまも閉め切られていた。

「水領様……水領様。」

ふすまのむこうによびかけたが、返事はない。

「水領様、お休みでしょうか？」

あれ、このにおい！　やっぱりこの奥の部屋からする！

こげてるみたいなにおいだよ！

（あ！　煙！）

ふすまのすきまから、細く白い煙がもれ出ているのが見えた。

まさか火事!?

あたしはふすまを大きく開けた。

火事だったら、失礼だとかなんだとか言ってられない！

（わっ！）

部屋中に煙が立ちこめて、霧の中みたいに何も見えない！

両手で煙をかきわけ前に進んだ。

すると、ぼんやりかすんでいた景色から、なにかがふいにうかびあがった。

（！）

そこに現れたのは、黒いマントのフードをかぶった人。

そしてなんだかわからないけど、もやもやした中に、ぶきみなものがいっぱい飛びかっている。

目をこらすと、巨大な化け物の手の真ん中にその黒マントの人がすわっているように見えた。

（何。これ。）

ユーレイとか魔物とかと仲良くなりすぎて、ボスキャラが出てきちゃったの？

すると黒マントの人がゆっくりと顔を上げた。

手元には、あやしく光る大きな玉を持っている。

マントのフードの中から、女の人の顔が現れた。猫のようにつり上がった目！

美人だけど、この世のものじゃないみたい。

そう、これは……。

（魔女！）

魔女の瞳がぎらっと光った。

「ぎ、ぎゃーっ‼」

やっと声が出た。

同時に体が後ろにたおれた。

よろけた瞬間、足に何かコードみたいな細長いものがひっかかった。

バチバチッと火花が散ったかと思うと、すうっと化け物の手やあやしい光が消えて、ぜんぶが闇になった。

（うわーっ！）

たおれる前に壁に手をつこうとしたら、何かやわらかいものを

ぐいっとつかんだ。

(あ、あれ、何これ、布?)

あたしはその大きな布みたいなものをつかんだまま、あおむけに転んだ。

びりびりと、生地がやぶれる音がした。

同時に部屋に光がさした。

「え?」

もやもやと煙が流れ出して、部屋の中がやっと見えた。

よく見ると真っ黒な暗幕が部屋中にはりめぐらされていた。

あたしがつかんでひっくり返ったために、その幕がやぶれて、窓から光がさしたのだ。

さっきの化け物の手も、投影機みたいなものから映し出されていた映像だったようだ。

「……占いが。」

部屋の真ん中には魔女、いや、魔女のように濃いメイクをして黒いマントをかぶった女の人
……水領様がすわってた。

「占いのカンがもどってこない、だめだあ。」

そう言って大きな水晶玉に手を置いて顔をふせた。

（占い？）

ああ、そうか！　水領様って占い師だったんだ！

そう言えば、チェックインのときに、おばあちゃんに「占星術をやっていまして……ええ、東洋も西洋もどちらの星でもみます……。」なんて話をされていた。

センセイジュツって占いのことだったんだ！

あたしはとにかく窓を開けて、煙を追い出した。

風がふきこんだら、こげたみたいなヘンなお香のにおいもましになって、息がしやすくなった。

（ああ、びっくりした！　なんて変わったお客様なの。）

しかしお客様はお客様だ。

あたしは息をととのえて、笑顔を作った。

「水領様。あの、ご気分はいかがでしょうか。」

6 お客様は占い師

つぎの日。

学校に行っても、あたしは、ずっと考えていた。

占い師のお客様、水領様のこと。

あんな変わったお客様は、見たことがない。

(占い師のお客様には、どうやって接したらいいのかしら？ 占い師って、霊感とかあって、ユーレイとか見えちゃったりするのかな？ だとしたらウリ坊や美陽ちゃんも見えてたりして？)

それで、休み時間に思い切って、真月さんに聞いてみた。

真月さんは、あたしとはくらべものにならないぐらい、たくさんのことを知っている。

秋好旅館も花の湯温泉でいちばん大きいから、いろんなお客様がいらしているはずだ。

それに、美陽ちゃんのことも気になっていた。

美陽ちゃんは妹の真月さんのことをいつも気にかけているし、春の屋旅館に住んでからもしょっちゅうようすを見に行っているみたいだ。

（真月さん、ほんとうに美陽ちゃんのこと見えないのかな？　気配だけでも感じ取ったりしてないのかな。）

「あのね、真月さん。お客様が少し変わったお仕事の方……占い師さんだったりしたとき、どうしてるのかな？　そういう方ってユーレイを見たりすると思う？」

　すると、つくえに分厚い本をつみ上げて、ピンクのリボンつきペンでノートに何かむずかしい漢字……「甘脾」とか「五味五臓」とか、意味も読み方もさっぱりわからないことばを書きこんでいた真月さんが、顔を上げてじろっとあたしをにらんだ。

「占い師？　おまけにユーレイ？　そんな非科学的なものを信じてるの？」

「信じてるっていうか、占い師のお客様が……。」

　説明も最後まで聞いてくれなかった。

「明日から夏休みでうかれているのかしら？」

「ううん。そうじゃなくって、ええとー、あのー、真月さん、ユーレイとか見たことあるのかなって。」

　真月さんは、ばんっ！　とつくえをたたいた。

やばっ。本気で怒らせちゃった？

「あなた！　若おかみじゃなくてバカおかみじゃない!?」

（うわー。だれかにそっくりの言われ方……。）

「花の湯温泉はね、夏休みこそ本番なの。みんな家業を手伝うのにいそがしいわ！」

「あ、あたしだって……。」

そんなことわかってると言おうとしたら、真月さんに紙をつきつけられた。

秋好旅館のちらしのようだ。

太い墨の文字で漢字が大きく書いてある。

「どーいげんしょく……。」

ばん！

また真月さんがつくえをたたいた。

「医食同源！」

あ、そう読むのか。

「うちのレストランメニューよ。あなた医食同源の意味はご存じ？」

「ううん……。」

やっぱりね、という顔をされた。

「じゃ、レストランの語源は？」

えっ。レストランの語源？

昔からレストランはレストランじゃないの？

真月さんはとつぜん席を立った。

「レストラン！　語源はラテン語でね。」

語りながら、なぜか窓のほうに歩いていく。

「英語のレストアと同じ。『良好な状態にする、回復させる』という意味。」

腕組みをし、窓から校庭を遠い目でながめながら真月さんは説明を続けた。

クラスのみんなも、なんだろう、と不思議そうに、そんな真月さんを見ている。

「医食同源は、医療も食事も健康維持には必要で元は同じという意味なの。つまり！」

真月さんはふりむいて声をはり上げた。

「医食同源レストランメニューとは！　洋の東西を問わず、お客様に健康になっていただくメニューなのよ！」

はあー。さすが真月さん、なんでも知ってるし、よく勉強してるなあ。

真月さん、もはや大学教授って感じだよ。

「今、そのおさらいをしているところだから。悪いけど……。」

真月さんはまた自分の席にもどって、ペンを持った。

「汝の心に聞くな心に教えよ！　by トルストイ。」

出た！　謎の名言シリーズ！

あんまり堂々と言うから、もはや「それどういう意味？」と、聞ける空気ではない。

真月さんは、即勉強モードに入ってしまった。

（結局、何も聞けなかったんだけど……。）


学校からは、仲良しの女子グループでいっしょに帰った。

よりこちゃん、向坂さん、森野さん、泉水さんとあたしの五人でだ。

めがねの向坂さんはまじめな勉強家。ずっとクラス委員をやっているそうだ。

さらさらの髪がきれいな森野さんはおうちが美容室で、美容師志望。髪の手入れが上手で優しい。

泉水さんはかわいいもの大好きの明るい子。おうちが「おみやげのイズミ」で、今日もお店にも置いている、着物の生地をつかったかわいいハンドメイドの髪どめをつけている。

明日から夏休みだし、みんなでよりこちゃんの家、池月和菓子店のカフェコーナーに寄ろうということになった。

「しゃくにさわるけど、ピンふりにはかなわないわ……。」

よりこちゃんが、ひとりごとっぽく言った。

よりこちゃんも、おうちが食べ物を出す仕事をしている。

さっきの真月さんの医食同源の話も、じつは感心して聞いていたのだ。

「真月さんは秀才の家系で、しかも本人が努力家なのよねえ。」

いつも成績がよくて、勉強をがんばっている向坂さんがそう言うと真実味がある。

「この温泉街の成功も、秋好旅館のおかげだって、お父さんが言ってた。」

森野さんも言った。

「へえ。」

やっぱり真月さんも、秋好旅館もすごいんだね。

池月和菓子店のカフェは人気でこみ合っていた。

それであたしたちは、庭のカフェコーナーの一角を占領しておしゃべりしていた。

「おまちどおさまー。」

よりこちゃんがお盆に新作和風スイーツをならべて持ってきてくれた。

よりこちゃんのお兄さんが作ったのを、試食することになったのだ。

「おいしそー！」

短く切った竹筒の中にはクリーミーな抹茶ババロアと白玉。

そえられたあっさり味のあんこの下からは、小さく切った夏のフルーツ。

かぐや姫のイメージなんだって。

「よりこんちのスイーツはワンランク上ね！」

「竹のいい香りー。」

みんな歓声を上げて食べはじめた。

「あ、よりこちゃん、そのかっこう。」

いつのまにかよりこちゃんは、あずき色の作務衣風の上下を着て、紺のエプロンをしていた。

池月和菓子店の制服だ！

「お店に出るときは、着がえなさいって言われててね。」

よりこちゃんは、照れくさそうに言った。

「……明日からは夏休み中、このかっこうかな。」

「へえー！」

よりこちゃんが制服で、てきぱきとお運びするようすは、大人っぽくてカッコよかった。


帰るなり、すぐにあたしも若おかみの制服……紺の着物に黄色い帯をしめた。

部屋の姿見で、ちゃんと着られているか全身チェック。

「よーし！　あたしもがんばるぞー！」

気合を入れたら、ウリ坊が後ろにぽわんとうかんで言った。

「なんや、峰子ちゃんぽくなってきたなあ。」

「もう！　着がえ中でしょ！　入ってこないでよ！」

「着がえ終わっとるがな。」

ウリ坊と言い合っていたら、勉強づくえの上でだれかがごそごそ動いているのが目に入った。

「ん？」

鈴鬼くんが、つくえに正座して、かぐや姫のスイーツをじっくり味わっていた。

「これは、なかなかですね。」

「あーっ！　よりこちゃんにもらったおやつ！」

「こらーっ！　何しとるんや！」

ウリ坊が今にも鈴鬼くんにつかみかかろうとしたとき。

「おっこ。あなた体育以外はひどい成績ね。」

鈴鬼くんの横にすわっていた美陽ちゃんが言った。

「ええ？」

さっきから、美陽ちゃんの見てるそれってもしかして……。

あたしの通知表!?

「あーっ！　見ないでよ！」

「おっこの行く末が心配ね。」

美陽ちゃんが通知表をランドセルにしまった。

そのとたんランドセルがふわーっとういて、勉強づくえの横にきちんとかかった。

美陽ちゃん、こうやっていつもかたづけてくれるの。きちょうめんなんだよね。

「学校の成績だけが人生やない！　おれたちもついとる！」

ウリ坊がはげましてくれたけど、あんまりうれしくない。

「……そうだけど……。」

美陽ちゃんが、ちょっと口ごもった。

ふんだ。

まわりがいくら心配しても、本人ががんばらなきゃどうしようもない。

そう言いたいんでしょ。

そんなの、わかってますって！

（みんな勝手なことばっかり！　こんなんじゃ、落ち着いて若おかみ修業にはげめないっていうの！）

ついろうかを歩く足音が、どすどすっとあらっぽくなってしまった。

「失礼します。」

「やまぶきの間」に声をかけた。

(また、あの魔女のすがただったらどうしよう。)

ドキドキしながらふすまを開けたら……。

部屋の窓は全開。

部屋中に読みかけの本や衣装、それに水晶玉やタロットカード、星座のマークが書かれた表など、占いの道具らしいものが散らかっていた。

水領さんはタンクトップにショートパンツで、縁側でぼんやり庭をながめていた。

「ああ、こっちに持ってきてちょうだい。」

水領さんが手を挙げた。

その顔はすっぴん。髪もてきとうに束ねているだけ。昨日の魔女みたいなすがたとはおおちがい。

「は、はい。」

水領さんは空いたグラスにシャンパンをそそいだ。

どぼどぼっとシャンパンが、グラスからあふれてこぼれだした。

朝から何も食べずに、部屋にこもってシャンパンばかり飲んでいらっしゃるのだ。

それを康さんに相談したら、食べやすく工夫した料理を作ってくれた。

「オリーブ、それにガスパチョのゼリーです。」

オリーブを入れた皿と、きれいにゼリーが盛りつけられた器を、お盆ごと水領さんの横に置いた。

「わたし、オリーブしかたのんでないけど？」

床にこぼれたシャンパンをふきんでふきながら、言った。

「水領様の食があまり進まないようなので、シャンパンに合うものならお口に入るかと持ってまいりました。よろしかったら、ご賞味ください……。」

よし！　おばあちゃんに教わったとおり、ちゃんとした言葉づかいで言えた。

「ありがとう。気をつかわせてごめんなさい。」

水領さんは、お礼は言ってくれたものの、何もかもめんどくさそうだった。

「いいえ、とんでもないです。」

(水領様、食べてくださるかな?)

水領さんはシャンパンを、庭を見たままぐいっとまた飲んだ。

(これ以上何か言ったら、怒らせちゃうかな。でも、このままじゃ、ぜんぜん花の湯温泉を楽しんでもらえない……。)

「あ、あの。」

つい言ってしまった。

「……ゆかたはお召しになりませんか?」

「いいわ。わたし海外が長くて一度も着たことがないの。」

そっけない言い方だった。

(やっぱり、よけいなことだったかな。)

思った瞬間、水領さんが、ふとこっちを見た。

「……あなた、着せてくれる?」

「え? あ、はい! 喜んで!」

こういうふうに、なにかたのんでもらえるのって、うれしいし、ほっとする。

お客様がつまらなそうにされていたら、すごく不安。

やっぱり、春の屋旅館に来てよかったって思ってもらいたいもんね。
水領さんにゆかたを着てもらって、ぎゅっと帯をしめた。

「わあ！」

思わず口に出してしまった。

「水領様、ウエスト細ーい！」

そうだった。水領さんって、すっごくスタイルがいい。
背も高いし、すらっとしてて、足も長い。モデルさんみたいだよ！

「ちょっとやせちゃったかなあ。」

（……そう言えば、「占いのカンがもどってこない」とか、おっしゃってた。お仕事がうまくいかなくて悩んでいらっしゃるのかしら……。）

「食べて少し太ったほうがよろしいですよ……できた！」

水領さんが着ると、ゆかたもアジアっぽいおしゃれなドレスに見える。

「いかがですか？」

「へえ、こんなふうになってるんだ。」

水領さんは姿見で自分のゆかたすがたを、めずらしそうに見た。

「涼しくていいじゃない。」

水領さんが、ちょっと笑った。

（よかった！　気に入っていただけたみたい！）

「そうなんです！」

水領さんは、ステージにいる風のウォーキングで縁側を歩いた。

センターで立ちどまり、ぱっと髪をほどいて下ろすとポーズを決めて言った。

「夏の春の屋ゆかたコレクションでーす！」

「わあ、カッコいい！」

あんまり決まっているので、拍手してしまった。

「続きまして春の屋、通年コレクション。お太鼓結びでーす！」

あたしもまねして縁側でくるりとターンしてみたが、ぜんぜん決まらない。

われながら、ひどい歩き方だった。

「ふふふ！」

水領さんが笑った。

（わー、笑顔がステキ！　めっちゃきれい！）

つい見とれてしまった。

「どうもありがとう。」

水領さんは頭を下げて、お礼を言ってくれた。

「どういたしまして！」

あたしも、深く頭を下げた。

水領さんはその後、なんだかおなかがすいてきたと言い、康さんの作ったガスパチョのゼリーもオリーブもぜんぶきれいに食べてくれた。

「康さん！　水領様、とてもおいしかったって！」

空になった器を厨房に運んだら、康さんもうれしそうだった。

「よかった！　食欲が出てこられた。」

「それから、冷たーいドリンクお願いします！」

「ああ、露天風呂サービス用のだね。」

「はい！」

ゼリーを食べている水領さんに、お風呂をすすめた。

ここのお湯は健康にもいいし、お肌にもいいのだと説明したら、じゃあ入ってみようかしらとおっしゃったのだ！

やっぱり、ここは温泉旅館。温泉を楽しんでもらえるのが、何よりうれしい。

康さんに用意してもらった、よく冷えたイチジクのジュースをお盆にのせて、露天風呂のほうに出た。

しかしお風呂にはだれもいない。

「水領様、水領様、いらっしゃいますか？」

声をかけたけど、返事もない。

「……もう上がられちゃったのかしら？」

さっき入られたところなのにと不思議に思ったときだった。

ざばあっ！

水音がして、露天風呂の中からだれか飛び出してきた。

「わ！」

びっくりしてのけぞった。

「あら、おどろかせちゃった？」

お湯の中から顔を出したのは水領さんだった。

頭からお湯にもぐっていらしたのだ！

(ほ、ほんとうは髪をお湯につけたり、頭からもぐるのはいけないって注意しなくちゃいけないんだけど……。)

でも水領さんは、いたずらっ子のようにうれしそうな顔だ。

(せっかく、元気になってこられたんだものね。おばあちゃん、ごめん。)

「ははは。あたしも一人で入るとよくやります。」

おばあちゃんにばれたら、怒られるけどね！

「最高に気持ちがいいわ！　露天風呂っていいわね！」

「よかった！　あの、イチジクのジュースです。よろしければ冷たいうちにどうぞ。」

「ありがとう！　ちょうどのどがかわいていたの！」

水領さんは、ざばあっとお湯から身を乗り出して、ジュースのグラスを取った。

「あ、あの、ストローは？」

「いらなーい。」

水領さんはごくごくっとジュースを一気飲みされた。

「ワイルドー。」

っていうか、男の子みたい？

水領さんは、グラスの氷をおいしそうにボリボリかみくだいた。

「すぐにおかわりを持ってまいりますね。」

「ううん、いいわ。ありがとう、最高の一杯だったわ。」

「おそれいります！」

「ねえ、こんなところにあなたみたいながんばり屋さんがいるなんて。おばあ様やご両親の教育がいいのね！」

水領さんが、笑顔で言ってくれた。

「え……。」

いけないと思うのだけれど、すぐに返事できない。それにうつむいてしまった。

「おばあ様はとても厳格な方ね。」

「よくしかられます。」

うん、おばあちゃんの話なら、いい。

「でも、尊敬してる？」

「はい！」

笑って、お顔を見て返事できた。

「ご両親のことも。」

いけない。いけない。

そう思うのだけれど、水領さんの顔を見られない。

下を向いたままなんとか返事した。

「お父さんもお母さんも……おばあちゃんもよく言うんです。花の湯温泉のお湯はだれもこばまない……。」

だめだって、もっとふつうに話さなきゃ。水領さんにヘンに思われちゃうよ。

「すべてを受け入れて、いやしてくれるんだって……。」

すると水領さんが、すいっとお湯をかきわけすぐ前までやってきて、じいっとあたしの顔を見た。

そのすんだ瞳に、どきんとした。

（水領様の目って、不思議……。なんだか心の奥まで見透かされてしまいそうな気がする……。）

水領さんは、露天風呂の岩にひじをついて言った。

「ところで若おかみさんの気晴らしは何？」

「あたしのですか？」

「友だちとおしゃべりとか、おしゃれしてデートとかしないの？」

「デート!?」

声がひっくり返ってしまった。

「あたし、カレシなんていないし、おしゃれだってよくわからないし、そんな……。」

あせるあたしをおもしろそうに見て、水領さんが言った。

「若おかみさん。明日、わたしにちょっとつきあってくれない？」

「つきあう？」


つぎの日は、すごくいいお天気だった！

海沿いの高速道路を、水領さんが運転する真っ赤な車でドライブ。

「気晴らしは買い物がいちばん！　ありがとうね、つきあってくれて。」

「いいえ！　このへんじゃ、ツーランク上って言われてるショッピングモールですから、あたしも行ってみたかったんです！」

サングラスでハンドルをにぎる水領さんは、女優さんみたいでとってもカッコいい！

あたしも、もっとおしゃれしてきたほうがよかったかな。

家を出るときも、美陽ちゃんに注意されちゃった。

「ちょっと、おっこ、そんなかっこうで出かけるつもり？　わたしがはずかしいわ！」

あたし的には、いつもよりもかわいいグリーンのカットソーを選んだし、ピンクのパンツだし、かなーりがんばったつもりだったんだけどなあ。

美陽ちゃん、おしゃれにきびしいんだよね。

「おれたちがおらんでも平気か？」

ウリ坊が心配してくれた。

だいじょうぶだよ。女子同士で買い物に行くんだから、男子はいいの！

「おみやげお願いします。」

鈴鬼くんたら、また居間のお菓子をぬすみ食い！

おばあちゃんの好きなしょうゆのかた焼きせんべいを、ばりばり食べながら言ってる。

「ほんまにだいじょうぶか？」

「まあ、ほかの服も似たようなもんだし、しょうがないわね。」

「あまいものがいいです。」

はいはい。みんな好きなこと言ってる！

あたしはだいじょうぶ。きっと平気。

だって……。

「そのストラップ、かわいいわね。でもずっとにぎられて苦しそうよ。」

水領さんに言われてはっとした。

あたしは、お守り代わりに持ってきたストラップ……ウリ坊と美陽ちゃんと鈴鬼くんの形をしたストラップを固くにぎりしめていたのだ。

鈴鬼くんが、どこからか用意して、出かける前にくれたものだ。

「これ……たいせつな友だちなんです。」

ストラップを、優しくにぎりなおした。

そう、これがあるし、気持ちはみんなといっしょだもん。

きっとだいじょうぶ。

こんなにお天気もいいし、海も真っ青できれいだし、お買い物には行けるし、楽しいことばっかりだよ。ほんとうに。

顔を上げて窓の外を見た。

前から大きなトラックがやってきた。

どくん、と、胸が波打った。

トラックがどんどん近づいてくる。

なんでもない。

このトラックは、なんでもない。

ほら、横を通り過ぎていった。なんでもない、ふつうのことだ。

だけど。だけど。

あのときの。

ぶつかってきた、フロントガラスいっぱいに向かってきたトラックがよみがえる。

怪獣みたいな。

大きな。

トラック。

だめ！　思い出しちゃだめ！

「おかみさんがおっこってよんでたけど……。」

水領さんが話している。

ちゃんと返事しなきゃ。

でもすごく遠くに聞こえる。

「……わたしも、おっこちゃんってよんでもいいかしら……。」

胸が苦しい。

苦しい。

息が、うまくできない。どうしよう。

どうしよう。

「おっこちゃん？」

7 大人のワンピース

「……おっこちゃん？」

水領さんの声が、遠のく。

（苦しい。苦しいよ！）

ウリ坊たち三人のストラップをつぶしてしまいそうなほど、きつくにぎった。

はあ　はあ　はあ
なんとか大きく息をしようとするけど、胸がしめつけられているみたいに空気が通らない。

冷たい汗が、顔いっぱいにふきだして気持ち悪い。

目がちかちかしてきた。

「──おっこ。」

お父さんの声。

横を見るとお父さんが運転してた。

「のどがかわいちゃった……。お母さんからお茶もらってくれ。」

うん！

あたしはうなずいて後部座席をふりかえった。

お母さんには、お父さんの言葉が、もう聞こえていたみたい。

「……だって！」

あたしが言う前にポットを取り出してたから。

お母さんはコップにお茶をそそいだ。湯気がふんわり上がった。

「熱いから気をつけてね。」

あたしは、手をのばしてコップをつかんだ。

しっかり、こぼさないようにつかんだ。

つかんだ……いや、つかんだのは三人のストラップだった。

お父さんとお母さん、どこ？

いなくなった、なんてうそだよね？

すぐそこにいるよね？

胸が苦しい。

何も見えなくなってきた。

「おっこちゃん、どうしたの!?」
水領さんがさけぶのが聞こえた。
フロントガラスにあの日の映像が重なる。
向こうからトラックが。
トラックが飛んでくる。
ぶつかる!!
一瞬、目の前が真っ暗になった。
……少し間が空いて。
ウリ坊の顔が暗闇の中によみがえった。
そうだ、あのとき。
ウリ坊の顔がすぐ目の前にあった。
「……ウリ坊。」
ウリ坊は、あのとき、あたしを助けてくれた。
あたしの体の中に入りこんできた。
ウリ坊がのりうつった瞬間、体が雲を飲みこんだみたいに軽くなって……。

あたしが後ろの車の屋根にふわっと落ちるのを見とどけて、遠ざかっていった。じいっとこっちを見つめながら、真っ青な空に、上っていった。

（ウリ坊……助けて。）

「おっこちゃん、外の空気を吸って！」

気がついたら水領さんが、道のはしに車を止めていた。

すぐにドアを開けて、外に出た。

足がふらふらして、すぐ目の前にあるはずのコンクリートの塀に、なかなかたどりつけなかった。

「どうしちゃったの？　おっこちゃん。」

水領さんの声が、だんだんはっきりしてきた。

冷たい風がふきぬけて、すうっと頭が冷えた。

「やっぱり、おれがおらんとあかんなあー。」

ウリ坊の声がした。

顔を上げたら、すぐ目の前は真っ青な海だった。

よせる波を背に、ウリ坊が腕組みして、ふわふわういていた。

いかにも「手のかかるこまった子」を見るようなしぶい顔をしていた。

「わたし、海見るの初めて！」

美陽ちゃんは、水しぶきにはしゃいでいた。

（二人とも、いてくれたんだ！）

「ずっとおったやん。」

ウリ坊が、何をいまさらと言いたそうに、ふんっとそっくりかえった。

その横で美陽ちゃんが、うん！　とうなずいた。

ほっとした。

ほっとしすぎて、急に全身の力がぬけた。

コンクリートの塀にもたれて、すわりこんだあたしに、水領さんがかけよってきた。

「車に酔った？」

水領さんは、本気で心配してくれて、真っ青な顔をしていた。

「い、いいえ。あの……。」

あたしは水領さんに、何があったか話したくなった。


「そう、そうだったの。」

自動車事故のこと、それで両親をいっぺんに亡くしたこと。そして事故の記憶がよみがえったら、両親のすがたが見えたこと。

消波ブロックの上にすわって、そのことを話したら、水領さんは考えこんでしまった。

「……無理に誘ったりして、ごめんなさいね。」

「いいえ。あたしのほうこそ、水領様の気晴らしに水をさしちゃって、申し訳ありません……。」

聞いてくださった水領さんには申し訳ない。

でも、みんな話したら、それで何かが解決したわけでもないのに、胸に窓が開いたみたいにすーっとした。

「でもあたし、お父さんもお母さんも生きてる気がしてしょうがないんです！」

水領さんが、なんとも言えない顔つきであたしを見てる。

「……ヘンですよね……。」

「ううん。」

水領さんが首を横にふってくれた。

ウリ坊と美陽ちゃんは、だまって海をながめている。

そう、お父さんとお母さんは、ずっとあたしのそばにいると思う。

もし家族でドライブに来たんだったら、きっとここで休憩したと思う。

だってすごく海がきれいなんだもの。

お母さんは景色に見とれたよね。長い髪が風にあおられてくしゃくしゃになっても平気だったかな。

お父さんは、体が強くないお母さんが海風で冷えるのを気にして。

ポットのあったかいお茶をコップに入れて、わたしたと思う。

今、お茶を飲みながら海を見てる二人のすがたが、見える気がするんだ。

「おっこちゃん、春の屋に帰りましょうか？」

車にもどると運転席から水領さんが聞いてきた。

「おっこ！」

「おっこ……。」

ウリ坊と美陽ちゃんが後部座席から声をかけてくれた。

ふりかえると、二人ならんで心配そうにこっちを見ている。

「……うん、もう平気！」

新しい空気が体を通過した感じ。

「水領様、お買い物に行きましょう。」

「……でもね。」

「あたし、行ってみたいんです。」

心からそう言えた。

水領さんが、ちょっと笑ってうなずいた。

「じゃ、行きましょうか！」

水領さんが車を走らせ、モニターのミュージックアイコンにふれた。

曲が流れた。

♪（ジンカン　バンジー　ジャンプ　ジャンプ）♪

キラキラした歌声が車内ではじけた！
（あっ、この曲好き！　ぜったいに楽しくなるんだもん！）
一気に気持ちがウキウキモードになった。
ウリ坊と美陽ちゃんも、おどりだしそう！ハイタッチしてる。
水領さんが車の絵のついたスイッチを押すと、ぶわんと風がふきこんできた。
見上げると、車の上が開いてオープンカーになっていた！
「わあっ！」
空が広がり、景色が飛んでいく！
なんて気持ちがいいんだろ！
「気持ちいい！」
美陽ちゃんも声を上げた。

「どないしょ。日焼けしてしまうー！」

ウリ坊がふざけてさけんだ。

「水領様、日に焼けちゃう！」

はっとしてさけんだ。水領さんはすごく色が白い。日焼けしたら、真っ赤になっていたくなりそう！

「気にしなーい。」

サングラスの下から、水領さんが答えた。

「おっこちゃんは？」

「ふふ！　あたしも気にしなーい！」

大きな声で答えると、

「わたしもー！」

「じつはおれもー！」

美陽ちゃんとウリ坊もそれに続いた。

そのとき水領さんが、あたしのほうに身を乗り出して言った。

風が強くて、近づかないとよく聞こえない。

「グローリーってよんでちょうだい。」

「「グローリー？」」

あたし、ウリ坊、美陽ちゃんが同時に聞き返した。

「そう、グローリー。グローリー・水領が本名なの。さあ、〝気晴らし買い〟に行くわよ！」

「気晴らし買い？」


ショッピングモールで、グローリーさんはすごく目立っていた。

真っ赤な車のスタイル抜群の美女っていうだけでも目立つのに。

「気晴らしには、おしゃれのための買い物がいちばんよ！」

そう言って、がんがん買い物を始めたのだ。

「あれ、表にディスプレイしてあるの、着たいわ。それにこっちのサマードレスも。ああ、ドレスに合ったぼうしもほしいわ。」

そう言ってかたっぱしから試着していく。

試着室のカーテンが開くたびに、あたしは歓声を上げた。

だって、グローリーさんったら、何を着ても似合う！

ちょっとカジュアルなシャツとショートパンツも、涼しげなワンピースも、ゴージャスな感じのドレスも。

「かわいい！」「カッコいい！」「決まってる！」

もうほめる言葉がみつからなくなるほど、どれもよかった。

「グローリーさん、ステキ、ステキ、ステキーっ!!」

アイドルのライブに行ってるみたいに、さけんでしまった。

「そう？　じゃあこれ、みんなちょうだい。ぼうしもアクセサリーも、ぜんぶよ。」

グローリーさんに見とれていた店員さんがびっくりして、

「あ、ありがとうございます！」

お礼を言うのが一拍おくれた。

しかも、グローリーさんはこれを、目についたお店ぜんぶでやったのだ！

（セレブのショッピングって感じ！　すっごーい！）

あたしたちは、両手に持ちきれないほどの紙袋を持って、カフェに入った。

フルーツと花のいっぱいかざってある、カラフルなカクテルジュースを、二人でじゅるじゅるっと一気飲みした。

「「ぷはーっ！」」

同時に息を吐いた。

（ああ、楽しい！　自分もいっしょに買ったみたいにいい気分だわ！）

「さあ。」

グローリーさんが言った。

うん、もう、帰るんだよね。持ちきれないぐらい買ったしね！

「第二ラウンド、行きましょかー！」

なぜかウリ坊みたいに関西弁で、グローリーさんは言った。

「え、ええ？　第二ラウンド!?」

「ふふふ。あなたの気晴らしがまだでしょ。」

グローリーさんは、にやっと笑った。

ティーンズのフロアに上がった。

ティーンズ向けの服を着たマネキンが、フロアにたくさんならんでいた。

（あ、なんか見たことある顔だと思ったら！）

ウリ坊と美陽ちゃんが、マネキンのふりをしていた。

「やだ、アハハ！」

猫耳と猫しっぽの美陽ちゃんはかわいいからいいとしても、髪をなでつけスパンコールのジャケットを着ているウリ坊は、紅白歌合戦初出場の演歌歌手みたい！

「まずはここから！」

グローリーさんが笑っているあたしの腕をぐいっと取って、店の中に連れていった。

「おっこ、大人っぽーい。」

試着室から出てきたあたしを見て、美陽ちゃんが声を上げた。

「うん。」

いいわね、とグローリーさんもうなずいた。

チェックのミニの巻きスカートにハイソックス。ハイネックのインナーに、かっちりめのジャケット。

「あたし、こんなの着たことないです。」

一気に中学生になったみたいで、はずかしかった。

ウリ坊も大きなキャンディーでものどにひっかかったような、妙な顔をしている。

「はい、つぎ！」

グローリーさんがつぎの服をさしだして、試着室の中にもどされた。

かわいい夏のワンピースをつぎつぎに着た。

すっきりとさわやかでシンプルなもの、ドレスっぽい大人びたもの、アイドルの衣装みたいに、はなやかなもの。

カジュアルなものも、着た。かわいいTシャツやパーカー。夏休みに、友だちと遊びに行くのにちょうどいい感じ。

「これ、とてもいいわね！」

グローリーさんがいちばんほめてくれたのが、黄色いワンピースだった。

それは、フリルもレースもついていないけれど、胸のところの切りかえや細いレーステープがさりげなくかわいい、すっきりしたデザインだった。

短めのそでやすそが、ゆらゆらと波打っているのが、またかわいい。

グローリーさんが、あたしの髪をまとめているシュシュを引き抜くと、優しく両手で髪を下ろし、ととのえてくれた。

「いかがですか？」

店員さんに質問された。

「……みんなステキです……。」

ほんとうにどれもステキだった。

でも、あたしもいちばん気に入ったのは、この黄色いワンピースだった。

初めて着る服なのに、前から自分のものだったみたいにぴったりだった。

そのうえ、ワンピースを着た自分が、いつもよりちょっと大人に見える……気がした。

「じゃ、これもちょうだい。今はいてるサンダルもね。」

グローリーさんが店員さんに言った。

「そんな！　グローリーさん、あたし、おばあちゃんにしかられます。お客様にこんな高価なものを……。」

つい大きな声を出したあたしの口を、グローリーさんがそっと指でおさえた。

「お客としてじゃないわよ。年のはなれた友だちからのプレゼントだと思ってちょうだい。」

「……でも。」

グローリーさんは笑って、あたしにそれ以上言わせなかった。

結局、試着したものをみんな買ってもらった。

そのうえ、「そのかっこうとっても似合ってるから、そのまま帰っちゃいましょう。」と言われて、黄色いワンピースを着てサンダルをはいたまま、グローリーさんの車に乗った。

車の後部座席は買った袋でいっぱい。

ウリ坊と美陽ちゃんは袋にうもれるようにして、すわっていた。

「え、えーっ！」

あたしはさけんだ。

「グローリーさんがふられたあ!?　信じられない！」

春の屋旅館に向かう車中、夕焼け空をながめていたら、急にグローリーさんが自分の話を始めたのだ。

「ふふふ、大きいリアクションありがとう。あなたと話してるとなごむわ。」

(春の屋旅館に来られてからずっと、グローリーさんが元気がなかったのは、失恋のせいだったんだ……。)

占いのお仕事もうまくいかなくなるぐらい、つらい失恋だったの？

でもどうしてグローリーさんが？　こんなにきれいで優しいのに！

「ふられたのは、きっとわたしが占い師だからね。」

「ええ？　そんなのひどい！　占い師だからふられるなんて、そんなの！」

占い師の何がいけないの？　納得いかない！

「ううん、ちがうの。わたしが自分の占いを信じすぎたの。別れた彼とわたしの相性は、これ以上ないぐらいよかったの。だから、仕事がいそがしくってすれちがいが多くても、だいじょうぶって自信があったの。だけど……。」

グローリーさんは短いため息をついた。

「別れを告げられちゃった。それも最高に運の強い日にね……。それで自信がなくなってしまって、その日から、占いができなくなったの。」

話していたら、車は花の湯温泉の街に入った。

白い湯けむりが立ちのぼる、温泉街の景色が窓の外に広がる。

もうすぐ春の屋旅館に着いてしまう。

なんとかその前に、グローリーさんをはげましたかった。

「だいじょうぶです！」

さけんだ。

「グローリーさんは美人で優しくてカッコいいですから！　グローリーさんを好きな人は、きっといっぱいいます。それに！　つぎは占いを当てにしないでちゃんとおつきあいをするから、ぜったいにだいじょうぶです！」

あたしは真剣に言ったんだよ。

ほんとうにそう思ったから言ったの。だけど……。

「あはははは！」

グローリーさんに爆笑された。

あれ、はげましたつもりだったんだけど、あたし、はずしちゃった？

グローリーさんが笑っているうちに、春の屋旅館に到着してしまった。

車を止めて、グローリーさんは言った。

「人をはげます仕事の占い師が、人からはげまされちゃった。ありがとう、おっこちゃん。」

（よ、よかった！　喜んでもらえた？）

「近くに来ることがあったら、ぜひよってね。」

そう言って名刺をくれた。

「東洋西洋占星術師　グローリー・水領……。」

名前のほかに、「グローリー占いの館」の住所と電話番号が印刷されていた。テレビのお店紹介番組でよく見る、東京の有名なビルだ。

（うわー。すごい。おしゃれなところでお店をされてるんだわ！）

「占いはわたしの天職。そろそろもどらなくちゃね。」

前を見て、グローリーさんがつぶやいた。

（え……。）

グローリーさんが元気になられたのはうれしいけど、行ってしまうのはさびしい。

いっぱいいろんなことを話せて、優しくしてもらって。

もし年のはなれたお姉さんがいたら、こんな感じなのかな、なんて思ってたから。

でも、そんなことお客様に思っちゃいけないよね。

春の屋旅館で、ゆっくり休んでもらって、元気になってもらって、笑顔で送り出す。

それが若おかみの役目だもんね……。

「さあ、荷物をお部屋に運びますね！」

そう言って、紙袋を持てるだけ持って、よいしょっと車から降りた。

「お帰りなさい。」

待っていたおばあちゃんとエツコさんは、今まで見たこともないほどおしゃれなかっこうをしたあたしに、目を丸くした。

「まあ、おっこ！　見違えたよ。」

「ほんとに！」

「ステキでしょ？　グローリーさんがプレゼントしてくださったの！」

「ええ？　なんですって？　まあ、まあ！」

おばあちゃんはグローリーさんに、なんどもお礼を言って頭を下げた。

細いストラップの、きゃしゃなサンダルは、きゅうくつで歩きにくかったし、荷物運びには向いてなかった。

気をつけないとかかとをいためてしまうし、やわらかいワンピースの生地もひっかけないように、よごさないようにと思うので、歩き方もゆっくりと慎重になる。

すごくめんどう。

でもそのめんどうなところが、大人の女の人になった感じ。

かなり気分がよかった。

8 真月さんと大バトル！

夏休みは、充実していた。

旅館の仕事でいそがしくて、あんまり遊びに行けなかったけど、よりこちゃんや向坂さん、森野さん、泉水さんの仲良しグループで集まったのが楽しかった。

池月和菓子店の二階、よりこちゃんの部屋でおすすめスイーツを持ちよっておしゃべりしたり。

そこでグローリーさんに買ってもらった黄色のワンピースを見せたら、みんなにめちゃくちゃほめてもらった！

森野さんが、服に合ったヘアアレンジをしてあげるって言って、あみこみをしてくれたり。それがもり上がって、「かわいい髪型お試し会」みたいになったのも、おもしろかった。

若おかみの仕事も、あんまりウリ坊や美陽ちゃんにたよらないで、一人でできるようにも、がんばった。

下を見なくても畳のへりをふまないで歩けるようになったし、お盆を持っていても（だいたい）転ばないように運べるし、ヘビやヤモリ、虫にいちいちびっくりもしなくなった。

ほんとうにびっくりしたのは、夏の終わりに、梅の香神社のお祭りのお神楽で舞手に選ばれたこと。

みんなの前で優雅に舞うなんて、ぜんぜんできる気がしない！　おまけにいっしょに舞う相方が、なんと真月さんなんだよ！

（なんであたし？）

できないって言いそうになったけど、でも、お父さんとお母さんが、言ってたことを思い出した。

——お父さんたちが子どものころは、このお神楽にあこがれたもんだよ！

——お母さん、おっこが舞うところを見てみたいな。

それで、やってみようかなって気になった。

でも、舞の練習が始まったら、すっごく大変だった……。

そして今……秋もそろそろ終わり。このところ、一気に寒くなってきた。

お神楽もいよいよ、本番にむけてがんばらなきゃいけない時期なんだけど……。

気になることがあった。

それは、おばあちゃんがこのところ、あまり具合がよくないこと。

すごく疲れやすくて、今日も朝から起きられなかったのだ。

エツコさんが、糸居医院の先生に往診に来てもらうと言ってくれたので、学校にはふだんどおり行ったけど、気になってたまらなかった。

学校から帰ってすぐ、おばあちゃんの様子を見に行った。

「おばあちゃん……。」

つい、ふとんで眠っているおばあちゃんに声をかけてしまった。

するとおばあちゃんはゆっくり目を開け、こっちを見てふっと笑いかけてきた。

「ああ、お帰りおっこ。もうお神楽の練習は終わったのかい?」

「ううん、これから……。起こしちゃってごめんなさい。」

笑顔だけど、おばあちゃんの顔色は、よくなかった。

「……大丈夫?」

「ああ、ただの過労だよ。糸居先生も問題ないっておっしゃってたよ。」

「そう、良かった……。」

悪い病気だったら、どうしようと思っていたのだ。

するとおばあちゃんが、くすっと笑って言った。

「そうかんたんには、おまえを一人にはしないさ。」

その言葉に、ひやっと冷たいものが胸の中を通りぬけた。

「もう！　変なこと考えないでよ。」

「……あの子が、やりたくてもかなわなかったお神楽を、娘のおっこが舞うなんてねえ。」

おばあちゃんは今度は、しんみりした調子で言った。

「しっかりやっておいで。」

「………。」

あたしは、ろうかに出て自分の部屋に入ろうとして、気がついた。

雑誌――今週号の『週刊ＷＡＶＥ』を胸にだいたままだった。

「おばあちゃんにこの本、見せなきゃ！」

そうだった。この中の記事を見せたくて持ってきたのに。

「おばあちゃ……。」

言いかけてやめた。

寝ているおばあちゃんをまた起こすのは、よくない。

（おばあちゃんが起きたら、見てもらったらいいよね。先にウリ坊や美陽ちゃんに見せよう！）

「ウリ坊、美陽ちゃん、いる？」

声をかけながら自分の部屋のふすまを開けた。

すると鈴鬼くんだけがいた。

勉強づくえの上にすわってめがねをかけ、雑誌を読んでいる。

「あれ？　その本。」

『週刊ＷＡＶＥ』だ！　あたしが今、手に持ってるのと同じ今週号！

「あかねくんのお父さんからうちにとどいたやつです。」

「じゃ、おばあちゃん、もう見たんだ！」

なーんだ。せっかくよりこちゃんのお兄さんが、わざわざとなり町で買って、とどけてくれたのに。

うちの旅館が雑誌にのるって知ったときはびっくりしちゃった。

それも、幸水さん……あかねさんのお父さんの書いた紹介記事で！

「じゃーん！」

春の屋旅館ののったページを開いてつくえの上に置いた。

「すごいです！　ばっちり紹介されてますね！」

「そうなのよ。これ見てお客様がじゃんじゃん来るね！　あー、あかねさんのお父さんが、作家さんだったなんてびっくり！」

作家・神田幸水先生は、春の屋旅館のきめ細かなサービスにすごくいやされたって、たくさんほめた記事を書いてくださっていた。

旅館の写真やお料理の写真、それにおばあちゃんといっしょにあたし！

着物すがたのあたしの写真ものってるんだよっ！「かわいい小学生の若おかみさん」って、紹介されてるんだ！

「関織子じゃなくて、おっこさんとしか出てきませんね。」

鈴鬼くんが、記事をじっくり読みながら言った。

「いいじゃん。おっこだもん！」

「じゃあ、おっこさん。お礼は季節のモンブランでお願いします。」

鈴鬼くんが言った。

「何よ、急に！」

「だってぼくがあの親子をよんだんですから、とうぜんなんらかのお礼が……。」

「あーっ！」

時計を見てさけんでしまった。

鈴鬼くんと、のんびりしゃべってる場合じゃなかった！

「練習におくれちゃう！」

あたしは部屋を飛び出した。そのとき後ろで、

「なんや？　おれらが見えてへんのか？」

「よっぽどうれしかったのよ……。」

ウリ坊と美陽ちゃんの声が聞こえた。

（あれ？　ウリ坊と美陽ちゃんもいたんだ？　気がつかなかった。）

一瞬、ヘンに思ったけど考えてるヒマはなかった。

梅の香神社のけいこ場に着いたら、真月さんと、梅の香神社の子で同じクラスの澄川静志郎くん……家が神社だから鳥居くんってよばれている……の二人が待っていた！

すぐに舞の練習が始まった。

鳥居くんは前回のお祭りでお神楽を舞ったので、あたしたちに振りを教えてくれているのだ。笛や太鼓の曲に合わせて、二人そろって舞うんだけど、振りをまちがえないようにするのでせいいっぱい。

真月さんのほうは、もうすでに完璧に振りを覚えていて、動きに余裕がある感じ。もともと真月さんは、日本舞踊とかいろんなおけいこごとをしてるみたい。ポーズが決まってるし、とても上手だ。

（二人、ぴったりそろってないといけないのに……。）

どうしても真月さんの振りを追いかける感じになって、おくれてしまう。

パンパン！

鳥居くんが手を打って、曲を止めた。

「関さん、相方の動きにとらわれすぎだよ。もっと自分の舞に集中しなきゃ。」

学校では優しくてさわやか（そしてすっきりした美少年）で人気者の鳥居くんだけど、お神楽のことになるとけっこうきびしい。

この舞は、梅の香神社でのお祭りで披露するものだから、将来、梅の香神社の神主さんになる鳥居くんが、真剣なのもとうぜんだよね……。

「ごめんなさい……。もう一度お願いします。」

すると扇子をぱちん！　と閉じて真月さんが言った。

「お神楽を雑に考えてるから雑な舞になるのよ。」

雑に考えてる？

真月さんの言うことって、むずかしくてよくわからない。

でも、あたしがうまく舞えてないっていうのはわかってる。

「ちゃんと……考えてるわ。」

「本番はまだ先だよ。あせらずに行こうよ。」

鳥居くんが言ってくれて、

「そうね。」

真月さんは、それ以上言わなかったけど、気持ちはおさまらなかったみたい。

「わたし、用事があるのでこれで失礼するわ。」

そう言って礼をすると、さっさとけいこ場から出て行ってしまった。

鳥居くんと二人、取り残されて、気まずかった……。

お父さんやお母さんのためにも、おばあちゃんのためにも、みんなの期待にこたえるような舞をしなくちゃって思ってる。

でも、そう思えば思うほど、あせってしまう。

しっかり舞わなくちゃって思うほど、体がこわばってしまう。

真月さんの言い方は、かちんとくるけど、下手なのは事実だし。

(家でも、もっと練習をしなきゃ。)

そう思っても、なかなかそれもできなかった。

というのは、雑誌で紹介された記事のおかげで、すごくお客様が増えたのだ。

「若おかみさんはいないんですか?」

しょっちゅう、お客様からよび出しがかかる。

露天風呂プリン……あたしが作った温泉プリンをあかねさんが「露天風呂みたいなプリン」って言ったので、そうよぶことにした……の評判もよくて、あたしがプリンを運んでお出しすると、

「あ、おっこちゃんだ！」

「わ、露天風呂プリン、かわいい！」

なんて歓声を上げて喜んでくださる。

「おっこちゃんもかわいいし！　後でこの本にサインしてくれる？」

なんて、記事ののった『週刊ＷＡＶＥ』を持ってこられたりもする。

「サインなんてそんな……。」

「いいじゃない！　わたしもお願い！」

そう言われると、ことわりきれない。

お客様が多いのはすごくうれしい。

でも、神田幸水先生のことをたずねられたり、写真をいっしょに撮ってほしいとたのまれたり
と、気をつかうことが増えた。

おばあちゃんも、エツコさんに後を任せて、先に休むような日が続いていた。

（おばあちゃんの分まで、旅館の仕事をがんばらなきゃ。）

そう思って旅館でがんばって、がんばって、へとへとになる。

舞の練習をしなくちゃと思いながらも、寝てしまう。

それにもう一つ、気になることがあった。

ウリ坊と美陽ちゃんが、最近、ぜんぜんすがたを現してくれないのだ。

仕事が終わって、部屋にもどってもだれもいない。

前は、みんなあたしがもどるのを待ちかまえるようにしていて、ねむくなるまでおしゃべりしたのに。

着がえる間ぐらい外に出ててよって、ウリ坊に怒ったりもしていた。

「ウリ坊、美陽ちゃん？」

気になって、「開かずの間」までさがしに行ったけど、だれもいない。

（どうしたんだろう……。もしかして、みんな、あたしといるのが、めんどうになっちゃったのかな……。）

考えたら、あたしはウリ坊と美陽ちゃんに旅館の仕事だけじゃなくて、自分の苦手なことを助けてもらってばかりいた。

宿題する前に寝ちゃって、ウリ坊に起こされたり。

散らかした部屋を、「もう！　ダメじゃない！」って言いながらも美陽ちゃんがかたづけてくれてたり。

そういうのが、当たり前になりすぎてたかもしれない。

こまったときに現れて、力を貸してくれて。

悲しいときは、はげましてくれて。

そんなのあたしばっかり、都合がよすぎたかもしれない。

(二人とも、あたしのこと、いやになってたのかも……。)

会えない日が続く。

ついそのことを考えてしまう。

それに、ずっと顔色のよくないおばあちゃんのことも心配だ。

(おばあちゃん、本当にだいじょうぶなのかな……。)

舞の練習にも身が入らなくなった。

そのときは、真月さんと向き合って、しゃがみながらおたがいに扇子を向けて近づいていく振りの最中だった。

立つときに、ぼんやりしていて、どかんと真月さんにぶつかった。

手から扇子が落っこちたと思ったら、

「うわっ。」

「きゃっ！」

二人とも、あおむけにけいこ場の床に転んでしまった。

（いけない！　またぼんやりしてた！）

「ご、ごめんなさい！」

すると真月さんがすっくと立ち上がって、あたしをにらんだ。

「……関さん、このお神楽からはずれてちょうだい。」

「え……。」

「いつまでこんな調子なの!?　このお神楽はね、花の湯温泉にとってずっと伝えていかなきゃいけないたいせつなものなのよ！」

「……わかってる。」

そう答えたものの、真月さんの顔をまともに見られなかった。

どんどんお祭りの日が近づいている。

それなのに、真月さんとも息が合わないどころか、むしろ真月さんの足を引っ張ってる感じだ。

「わかってないわ！」

さけんだ真月さんに鳥居くんが強い口調で言った。

「関さんははずさないよ。二人とも旅館をつぐ覚悟があるから選ばれたんだ。」

「いつまで続くかわからない旅館なのに？」

「秋野さん。」

鳥居くんが真月さんをたしなめるように言ってくれたが、あたしは髪が逆立った。

「それ、どういう意味よ⁉」

「わからないの？　お客様に気をつかわせる旅館が長続きすると思う？」

「うちがそうだっていうの？」

思わず立ち上がった。

すると真月さんは、扇子で顔をあおぎながらすずしい顔で言った。

「春の屋さんは仲居さんが一人だから、あなたもおばあ様もお客様の相手をしなくちゃいけないじゃない？」

「だって、おかみだもん！」

「……おばあ様、もういいお年じゃない。そんなお年よりに荷物を運んでもらったり何かものをたのむなんて、お客様は気をつかうわ。」

「だからあたしが……。」

「子どもにだって気をつかうでしょ？」

真月さんはバチン！　と扇子をとじた。

「つぶれる旅館が出るなんて花の湯温泉の恥だわ！」

ううううう。

「恥よ、恥！」

うううううう！

「だから、もうお神楽からはずれてちょうだい！」

もーうがまんできない！

あたしは、どん！　と足をふみ鳴らして真月さんのほうにつめよった。

「つぶれるって何!?　春の屋には春の屋のやり方があるわ！」

「そのやり方が悪いって言ってるのよ！」

「ちょっと二人とも……。」

止めようとする鳥居くんの声がわりこんできたけど、そんなもので、止まるわけない！

「真月さんこそ何よ！　なんでも自分でできるつもりで、みーんなスタッフさんだのみじゃない！」

「バカおかみに何がわかるの？」

「け、けいこ中だよ……。」

鳥居くんの声がだんだん弱くなっていく。

「旅館業のくせになんでピンふりドレスなの？　意味わかんない！」

「またピンふりって言ったわね！　バカおかみ！」

「言ったわよ！　ピンふり！」

「バカおかみ！」

「ピンふり！」

「バカバカおかみー！」

「ピンピンふりふりー！」

「ウザウザウザおかみーっ！」

「ピンピンピンふりーっ！」

あたしと真月さんのどなり声が、静かな梅の香神社中に

ひびきわたった。

鳥居くんが、まいったなあと頭をかいているのが、目のはしっこに見えた。

(もう、あったまきた！　真月さんなんて二度と顔も見たくないわ！)

けいこはそれ以上できず、解散になった。

あたしは、けいこ用のジャージのまま着がえをかかえて、梅の香神社の境内を、どすどす歩いていた。

「おい、おっこ！」

ウリ坊の声！

「ここや！」

ふりかえったら、神楽殿の欄干にウリ坊がすわっていた。

「ウリ坊！」

ウリ坊が口を開け、がたがたの反っ歯を見せて笑っている。いつもの笑顔だ！

ほっとした。

「もー、どこに行ってたのよ！」

ウリ坊はこっちに向かって飛んできた。

「おっこ！　見えるんか！」

（え？）

見えるんか、って？　それって、見えてないときがあるみたいな言い方……。

ちょっと気になった。

「ハデにやっとったな！」

「見てたの？　ねえ、聞いて！　真月さんってさ！」

神社の階段を下りながら、話を聞いてもらおうとすると、あきれた顔で言われた。

「峰子ちゃんを手伝わな。はよ帰ろや。」

「うん！　わかってるわよう！」

あたしは石段をだだだっとかけおりてふりかえった。

「引きとめたのはウリ坊でしょ！」

もーう！　と笑いながら言ったが、ウリ坊はいなかった。

「あれ、ウリ坊？」

まわりを見回したが、どこにもいない。

（もう、話のとちゅうでいなくなっちゃうんだから……。）

やっぱり、ウリ坊はあたしの相手がめんどうになってきてるのかな……。美陽ちゃんも現れないし。

そう思いながら春の屋旅館の前まで帰ってきたら、美陽ちゃんがいた！

「ちょっと！　かわいそうでしょ！」

あれ？　美陽ちゃん、だれに話しかけてるのかな？

見ると春の屋の玄関の前に、小さな男の子がしゃがみこんでいた。

石を持って地面を見てるけど？

（ああ、トカゲに石をぶつけて遊んでるんだわ。）

「シューッ！　発射！」

その男の子が石をトカゲめがけて落とそうとした。

「えい！」

美陽ちゃんが、トカゲのほうを指さした。

すると石が、トカゲの真上でぴたっと止まった。

「あれ？　また石がひっかかった……。」

男の子は不思議がっている。

「美陽ちゃん！」

よびながら美陽ちゃんのほうにかけよった。

「おっこ！」

美陽ちゃんもこっちを見て、うれしそうに笑った。

何か言おうとして、美陽ちゃんの口が動くのが見えた。

でも、その先は聞こえなかった。

目の前で、美陽ちゃんがすうっと消えたからだった。

（……！）

とたんに止まっていた石が落ち、トカゲが走り出した。

今のは、何？

美陽ちゃんはあたしと話しているとちゅうだった。

自分から、すがたを消したんじゃない。

とちゅうで、声が聞こえなくなって、顔や体が消しゴムで消されたみたいに見えなくなった。

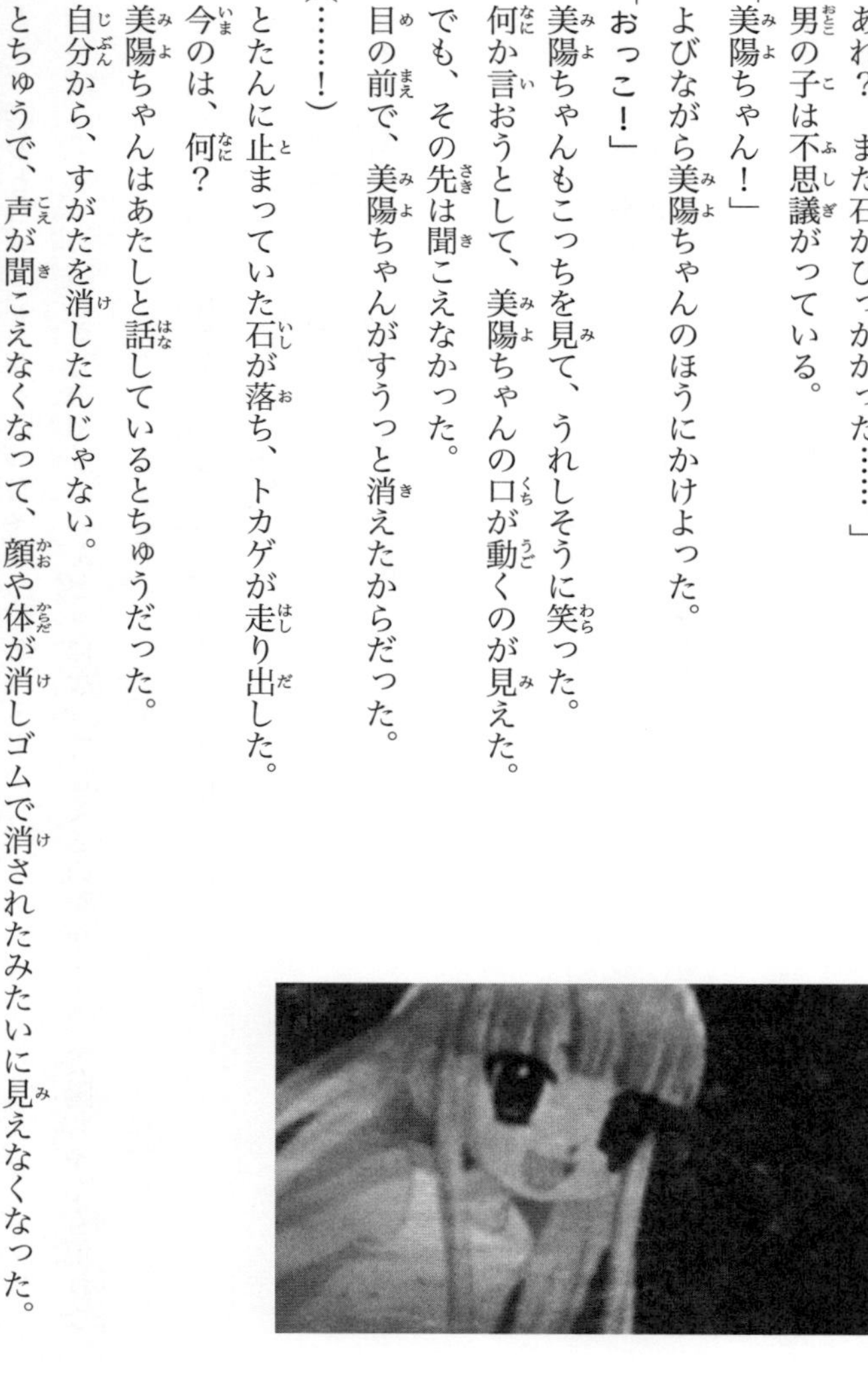

（ひょっとして？）

――おっこ！　見えるんか！

さっきのウリ坊の言葉がよみがえる。

（あたし、二人が見えなくなってきてるってこと？）

そんな……。

一瞬、凍りついた。このまま二人が見えなくなってしまったらどうしようと思ったのだ。

でも、すぐに思いなおした。

そういうこともあるかもしれない。

ほら、すごくねむいときに、まわりが一瞬かすんで見えたり、目をこすったら見えにくくなったり。そういうのってあるじゃない。

ユーレイを見るのも、そういう……調子のよくないときがあるのかもしれない。

トカゲがちょろちょろっとこっちに走ってくるのが見えた。

「あっ！」

男の子はびっくりした顔であたしを見た。

まだ小さい。幼稚園児ぐらいかな？

大きな目をぱちぱちさせて、とてもかわいい。

「トカゲにいじわるしちゃ、かわいそうよ。」

あたしはその男の子に言った。

するとその子はあたしの前に歩いてきて、指さした。

「お姉ちゃん、トカゲ好きなんだ！」

「え？」

あっ。あたし、いつのまにかトカゲを両手でつかまえてる！

考えごとしながら、トカゲを受け止めてたんだ！

トカゲの体はひんやりしてて、気持ちよかった。

細っこい体も小さくて、きつくにぎったらこわれそう。

そうっと優しくにぎりなおした。

（あんなに気持ち悪いって思ってたのに。いつの間

に、平気になってたんだろ。）

自分でも感心していたら。

「おーい。」

男の人の声がした。

見ると春の屋旅館に向かって、杖をついた男の人が歩いてきていた。

大きな旅行かばんをさげた、奥さんらしい女の人もいっしょだ。

（あ、そう言えば、ご予約のお客様がいらっしゃるころだったわ。）

「お父さん！」

男の子がぱっと笑顔になった。

「ぼく、春の屋旅館のお客さん？」

「うん！」

男の子は、お父さんとお母さんのほうにだーっとかけよって、お父さんの体に抱きついた。

（いけない。着物も着てないわ。ちゃんと若おかみになってお客様をお迎えしなきゃ！）

あたしはトカゲをそうっと草むらにはなして、立ち上がった。

9 お客様の笑顔のために！

「木瀬様、ご家族様、ようこそいらっしゃいました。」

おばあちゃんとエツコさんが、木瀬さん一家に深く頭を下げてお迎えした。

あたしも大急ぎで着物に着がえて、それに加わる。

「はいはい、いらっしゃいましたよ。」

木瀬さんが、ふざけた調子で言って、奥さんに注意されてる。

(木瀬さんって、おもしろい方なのね。あっ。)

玄関に上がる前に、木瀬さんがよろめいた。

痛そうにわきばらをおさえて顔をしかめている。

すぐになんでもないようすをされたけど、木瀬さんは具合が悪いのかもしれない。

「あー、お姉ちゃん、おっこだったんだ！」

男の子が着物すがたのあたしを見て、うれしそうに声を上げた。

きっと雑誌の記事であたしの写真を見たんだろう。

「おー、玄関もいい感じだなあ。」

木瀬さんが、旅館の中を見回して歓声を上げた。

よかった。気に入ってくださったみたい！

お世話になりますと言う奥さんにも、いらっしゃいませと頭を下げた。

「翔太くんもいらっしゃいませ。」

「あー！　ぼくの名前知ってんの!?」

翔太くんが大喜びしてくれた。

(予約のお客様の名前を覚えておくのって、やっぱり大事だなあ。)

――いらっしゃってすぐに名前をよばれるとね、お客様は親しい人のお家に遊びに来たような、あったかい気持ちになるんだよ。

おばあちゃんに教えてもらったとおりだ。

木瀬さん一家を、「つつじの間」にご案内した。

「本といっしょだねー！」

『週刊WAVE』の、あたしの写真を見ては翔太くんが喜んでいる。

「ね、お父さん！」

翔太くんが、座いすであぐらをかいている木瀬さんのひざの上に乗った。木瀬さんは翔太くんの頭をぐりぐりなでた。

「おおー、写真のほうがちょっと大人に見えるなあ。」

雑誌の写真とあたしを見くらべて、木瀬さんが言った。

ふふふ、そうかもね。

写真のあたしは、なかなかしっかりした若おかみに見えるから。

楽しそうにいっしょに雑誌を見ている木瀬さんと翔太くんを見て思った。

(すごく仲のいい親子ね。春の屋旅館でうんと楽しい時間をすごしてほしいわ。)

問題は食事の時間に起こった。

食器を下げるために「つつじの間」に向かうと、

「ちょっとお！　わざわざ減塩低カロリーで作ってもらったのに。おいしかったわよ！」

奥さんがおこった声で言うのが聞こえた。

「ぼく、食べたよ。」

翔太くんが抗議する。

「お父さんのことよ！」

「失礼します……。」

「また、おっこだー！」

木瀬さんのひざの上から、翔太くんが声を上げる。

あたしの顔を見るだけで喜んでくれている。

「翔太くん、いいなー。だっこしてもらって！」

声をかけると、翔太くんはうれしくてたまらないようすで、そっくりかえって、

「うひゃははは！」

と笑った。

あたしは木瀬さんたちに頭を下げ、空いた食器を下げるために座卓に手をのばした。

奥さんがおこる理由がわかった。

木瀬さんの前の料理だけは、ほとんど手がつけられていなかった。

（木瀬さん、やっぱり具合がすごく悪いんじゃ……。どうしよう、この料理は下げたほうがいいのかな。）

ちょっと迷っていると。

「お嬢ちゃん、悪いけど、これも下げちゃってくれ。」

木瀬さんが、目の前の料理を指して言った。

「あなたったら！」

「薄味すぎて、病院のメシと変わらねえよ。」

（あ……そ、そうか。木瀬さんの口に合わなかったんだ！）

「申し訳ございません！　あの、何かほかに用意できるか聞いてまいります！」

「いいんですよ。」

奥さんが申し訳なさそうに言った。

「やっと家族で旅行ができるようになったんだ。今日ぐらいこってりしたもの食いてえじゃねえか。」

「だめよ！」

奥さんが座卓をばちん！　とたたいた。

「腎臓も膵臓も取っちゃったんだから！　お医者さんから強く言われてるでしょ！」

（え、木瀬さん、そんな大きな手術をされたんだ！）

あたしは急いで厨房に走り、みんなにその話を伝えた。

「申し訳ありません。お好みに合う料理を出せませんで。」

康さんが、頭を下げた。

「康さんのせいじゃないよ。」

「そうですよ。」

おばあちゃんとエツコさんが言った。

あたしもそう思う。

注文どおりの料理を康さんは作ったんだもんね。

「……でも、油も塩もおさえて、こってりとした濃い味と言ってもねえ。」

おばあちゃんがむずかしい顔になった。

「医食同源をふまえて、もう一度料理を考えます。」

康さんが言った。

（医食同源……。）

ぱっと真月さんのことが思いうかんだ。
前に、学校で医食同源のことを教えてくれた。
（秋好旅館で、体にいい医食同源メニューを出してたはずだわ！）
「真月さんなら、いい知恵があるかも……。」
そう言ってから、思い出した。
（そうだった。梅の香神社で言い合いしたんだった。）
真月さんの、こちらを見下した、にくったらしい顔がぼんっとうかんだ。
（く、くー。）

あそこまでバカにされたのに。
うちの旅館の悪口もいっぱい言われたのに。
今、ここで真月さんに知恵を貸してくれってたのむのは、くやしい。
また、思い切りバカにされるかも。

でも。でも。
木瀬さんたちに、春の屋旅館で楽しくすごしてもらいたい。
病気をなさっていて、やっと旅行できるようになったたって。

翔太くんも、ここでお父さんが元気にごはんを食べたら、もっとうれしく楽しくなるだろう。

(決めた!!)

「あたし、秋好旅館に行って相談してくる!」

厨房からダッシュでかけだした。

「おっこ、お待ち!」

おばあちゃんの声。

「おっこ! ピンふりのとこなんか行くんか!」

あれ、ウリ坊の声? いたんだ。

「そんな薄着で行くのかい! 一枚はおっていきなさい!」

おばあちゃんが玄関まで追いかけてきた。

「だいじょうぶ!」

先に電話しようかとも思ったが、それよりも一秒でも早く、真月さんのところに行きたかった。

とはいうものの、着物とぞうりでは、走りにくい。

必死で走ったけど、なかなか前に進まない。

「あっ。」

ぶつんとはなおが切れて、ぞうりが後ろに飛んでいった。同時に体がつんのめって道にたおれこんだ。

「う、い、いたあ。」

ひざやひじを打ってしまい、じんじんいたむ。

なんとか起き上がってふりかえったら、ぞうりが道でひっくり返っていた。

「なんでよ、もーっ！」

急いでるときに、どうしてこんなことになるのかなあ！

立ち上がって、ぞうりを拾った。

はなおは完全にちぎれてて、はけそうにない。

——つぶれる旅館が出るなんて花の湯温泉の恥よ！

恥!!

梅の香神社で真月さんに言われたことが、頭の中で鳴りひびいた。

（……負けないから！）

ぞうりを胸にだいて、秋好旅館へまた歩きだした。

(う、寒……。)

たびしかはいてないほうの足のうらから、夜の地面の冷たさが、ひやっと脚の内側を上ってきた。

それに顔をさすように空気が冷たい。吐く息も真っ白だ。

(ええと、秋好旅館に行くのって、近道があったはず。)

暗いうえに、おいしげる草や木の枝が重なって、分かれ道がよく見えない。

どうしようと思っていたら、

「おっこ、こっちよ!」

横から美陽ちゃんの声が聞こえた!

声のしたほうを見たら、草むらの向こうに細い分かれ道があった。

「美陽ちゃん?」

見回したけど、すがたは見えない。

でも、今のはきっと美陽ちゃんが道を教えてくれたんだ!

(ありがとう、美陽ちゃん!)

あたしは、草を分け入り、近道を走った。

秋好旅館につくと、スタッフの女の人が玄関の前であたしを待っていた。

「お嬢様は今、ご自宅の図書室にいらっしゃいますので、そちらに来てくださるようにとのことです。ご案内いたしますね。」

「え？」

何も言っていないのに、いきなりそう言われてびっくりした。

「どうしてあたしが来ることを知っていたの？」

「ええ……先ほど、お庭のライティングのようすを見てらっしゃったんですが、関様がお庭を走ってらっしゃるのがそのとき見えたとのことで……。その、こんな時間に急にいらっしゃるのは、何か教えてほしいことがあるに決まってるから、図書室のほうにご案内するようにと。」

言いにくそうに、スタッフの女の人が言った。

さすが真月さん……。

「こちらでございます。」

連れてきてもらった部屋は、とんでもなく豪華な図書室だった。

町の図書館よりも広くて、高い天井にまで届く本棚に、ぎっしり本がならんでいる。

壁には大きな絵がかざってあるし、ふくざつな絵の描かれた大きなつぼやお皿が本棚の間にかざられている。

テレビドラマで見た、ヨーロッパの貴族のおやしきのようだ。

波のようにゆるやかにうねった階段を上がっていくと、真月さんがソファにすわって本を読んでいた。

「真月さん。」

「何かご用かしら。わたしいそがしいんだけど。」

本から顔を上げようともしない。

そのとき、真月さんの横の低い本棚の上にある、女の子の絵が目に飛びこんできた。

(美陽ちゃんだわ!)

色が白くて大きな目、かわいいほっぺたに小さなくちびる。

まちがいなく美陽ちゃんの肖像画だ。

でも絵の中の美陽ちゃんは、たくさん服を着こんでいて、いかにも病弱そう。

顔つきも、今みたいにいきいきしていない。

(美陽ちゃん、生きてるときは、体が弱くておとなしい女の子だったのかな……。)

「……で、何?」

「あ、あの、さっきのことはあやまるわ。あたし、けいこで散漫だったし、あなたの言ってることまちがってないもん。」

真月さんが、本を見たまま、ため息をついた。

「……で？」

「……真月さんに力を貸してほしいの。どうしてもお客様に満足していただきたくて！」

するとようやく真月さんがこっちを見た。

「あなたには、意地ってものはないのかしら？」

「あ、あるわよ！」

ついさけんでしまった。

「でもお客様に喜んでもらうほうが大事だもん！　……真月さんだってそうするわよ！」

「さあ、どうかしらね。」

真月さんがそう言ったときだった。

急に、真月さんの横の電気スタンドがぱんと消えた。

「あ。」

（ひょっとして……美陽ちゃんがやったの？）

見えなくても、美陽ちゃんがここにいるのかもしれない。

そして妹の真月さんに「おっこに協力してあげなさいよ！」と言ってるのかも。

そう思ったとき、

「ふー。」

本をぱん！　といきおいよく閉じて、真月さんが言った。

「ま、春の屋さんがつぶれたら、花の湯温泉の恥だしね。」

それからの真月さんはすごかった。

あたしの話を聞きながら、すたすたっと歩きだした。

「あなた、お肉は蒸したものと焼いたものと、どっちがカロリーが低いと思う？」

「蒸したもの？」

「ちがうわ、焼いたものなの。焼くと脂肪が落ちるのよ。」

説明をしながら本棚をわたり歩き、どんどん必要な本を選び出していった。

「たとえば百グラムのお肉を網焼きにしたとして、五グラムの脂肪が落ちれば、それだけで四十五キロカロリー減るのよ。それからお塩はね、水にといて筆でぬったり、スプレーすればまんべんなくいきわたって、味が薄いと感じることはなくなるわ。」

（さすが真月教授！　なんでも知ってる!!）

真月さんはあたしが知りたいことを、てきぱきと教えてくれ、役に立つ本を貸してくれた。

そのうえ、いつのまに手配してくれたのか帰りぎわに、

「それとね、何より大事なことがあるわ。素材が命よ！」

そう言って、「花の湯牛」と書いてある冷蔵ボックスを持たせてくれたのだ！

「真月さん！」

花の湯牛って、すごくおいしいけど、高級なお肉なんだよ。貴重でなかなか手に入らないものなの。

「夢見ることができれば、それは実現できる。by ウォルト・ディズニー。じゃ、がんばって。」

そう言って、秋好旅館の車に乗って帰るようにうながすと、さっと背中を向けた。

「真月さん、なんて言ったらいいか。」

真月さんはふりむかず、裏口から家の中に入ってしまった。

「真月さん、すごいわ！　どうもありがとーっ!!」

大声でさけんだけど、真月さんに聞こえたかな……。

(今日の真月さんの名言は、カッコよかったな。「夢見ることができれば、それは実現できる。」だって！　うん、きっとそうよね！)

このお肉を見せたら、康さんきっと喜ぶだろうな。

早く真月さんに教えてもらったことを、伝えたい！　うんとおいしくて体にいい料理を木瀬さんのために作ってもらうんだ！

春の屋旅館に向かう車の中で、わくわくしていたら。

もぞもぞっと、後部座席のとなりで何かが動いた。

(ウリ坊？　美陽ちゃん？)

「あ、鈴鬼くん……。」

鈴鬼くんはめがねをかけて、さっきちぎれたぞうりのはなおを、無言で直してくれていた。

(めずらしく親切ねえ。あ、わかった。はなおを修理するから、花の湯牛を味見させてくれって言うつもりなのかも！　それはぜーったいにだめだからね！)

思わず花の湯牛のボックスを、かかえこんだ。

でも鈴鬼くんは、食べ物に興味を示さなかった。

「おっこさん。」

妙に静かな言い方だった。

「お別れの日が決まりました。」

「え？」

意味がわからない。

何かの冗談かと思ったけど、鈴鬼くんはまじめな顔でぞうりに通したひものあまったところを歯でかみちぎり、きちんとぞうりをはけるようにしあげた。

「お神楽の日に、ウリ坊さんと美陽さんはこの世をはなれて、天に昇ります。」

そう言って、ぞうりをあたしにわたした。

「……それって、どういうこと？」

やっぱり意味がわからなかった。

10 信じられないできごと

春の屋旅館にもどって、すぐに厨房に行った。

エツコさんは、真月さんがくれた冷蔵ボックスのふたを開けて、まあ！　と声を上げた。

「花の湯牛！　これ、とても高価なんですよ！」

康さんは康さんで、真月さんの貸してくれた本を食い入るように読んだ。

「これはいけます。真月さんのつけてくれたふせんの箇所も、的確で手間がはぶけます。」

エツコさんは感激して、ピカピカの赤身のお肉に手を合わせていたし、

「助かりました、若おかみ！」

と、康さんもお礼を言ってくれたけど、あたしは返事ができなかった。

さっきの鈴鬼くんの話で頭が真っ白だったのだ。

(ウリ坊と美陽ちゃんが天に昇るって……。それって、ほんとうのほんとうにもう、会えなくなるってこと……なの？)

鈴鬼くんの話ではこうだった。

ユーレイは、どこかのタイミングで天に昇って、生まれ変わりの準備をしないといけない。

そのタイミングがお神楽の日だって、天からお知らせが来たんだって。

それをのがして、ずーっとユーレイのまま地上にいたら、二人はいずれ空気にとけて消えてしまう。


――おっこさん、最近、二人のすがたが見えなかったり、声が聞こえなかったりしていますよね。それはもうその時期が近づいてきているからなんです。だから、ちゃんと二人を送ってやらないといけないんですよ。


頭では、鈴鬼くんの話はわかる。

天に昇らないと、二人は新しく生まれることができない。

ユーレイの期間を終わらせて、つぎの人生を生きるほうがいいに決まってる。

空気にとけちゃったら、ほんとうのほんとうに死ぬことになっちゃう！

だから、二人をちゃんと見送ってあげなくちゃいけないし、二人のためにはいいことなんだと思う。

うん、わかるよ。

でも、気持ちがついていかない。

二人と別れるなんて、そんなの……。

ありえないよ……。

「若おかみ、だいじょうぶです。任せてください！」

大きな声で康さんが言ったので、はっとわれに返った。

いけない。ぼんやりしてちゃ、ヘンに思われる。

「が、がんばってね。康さんの腕にかかってるんだから。」

「あ、合点承知の助だあああ！」

康さんが、がっと大きく足を広げてふんばり、首を回して大好きな歌舞伎のまねをして言った。

「よっ、春の屋！」

エツコさんがかけ声を飛ばす。

みんな笑って、厨房はやる気モードに入った。

あたしも康さんに拍手したけど、心からは、はしゃげなかった。

はぐっ。

木瀬さんが、串にささった鮎の塩焼きをかじった。

あたしは、息をつめてじーっとそのようすを見ていた。

「ん！」

木瀬さんはもう一度鮎にかぶりついて、言った。

「うん、うまい！　塩味もきいてるな！」

「はい。水にといたお塩をまんべんなくぬって二度焼きしています。」

木瀬さんはさっきとは別人のように、ばくばくっと鮎をほおばって、あっという間に串だけにしてしまった。

「丸ごと食べちゃった！」

翔太くんも目を丸くしている。

「さくらのチップもきいてて、いい香りだ。」

木瀬さんはそう言いながら、二匹目の鮎をほおばった。

（よかった！　お口に合ったみたい！）

「あなた、今度はお酒がほしいなんて言わないでよ。」

奥さんは露天風呂プリンを食べながらも、注意を忘れなかった。

「だめだよー！」

翔太くんもプリンを口に入れたまま、お母さんの味方につく。

「あー、お酒がほしいなー。」

木瀬さんは奥さんたちをからかうみたいに、言った。

「あー！　言った！」

翔太くんが、お母さんより先に注意した。

「ございます！」

あたしは、待ちかまえていたように言った。

だって、こう来ると思ってたんだもの。

康さんはそこまでちゃーんと考えてメニューを作ったんだからね！

「「ええ？」」

木瀬さんと奥さんが、同時に声を上げてあたしを見た。

「こちらに、ご用意しております。」

あたしはテーブルの上の、木のふたをのせたますに手を向けた。

「お酒で炊いたマツタケごはんです。アルコール分は飛んじゃってます

けど。」

「へえー。」

ふたを取り、ますを持った木瀬さんは、くんくんとごはんのにおいをかいだ。

「……酒のいいにおいだ。どれ。」

ごはんを口に入れて、ちょっと目をつぶった。

(どうかな？　おいしいって言ってもらえるかな？)

ドキドキしていたら。

「くっくっくっくっくっくっ。」

木瀬さんが笑いだした。

「わははははは！　うまーいっ！」

そっくりかえって大笑いしながら、さけんだ。

「やったーっ！」

ついガッツポーズが出た。

奥さんと翔太くんも、笑顔。

木瀬さんも文句なしのいい笑顔だ！　これが見たかったんだよね！

「自然薯と豆乳で作りました、湯葉シチューです。お塩は少なめ、だしとスパイスで味つけしております。」

つぎのお料理の、エツコさんが運んできたシチューに翔太くんが、ふんふんと顔をよせた。

「カレーのにおいだ！」

翔太くんが、思わず立ち上がった。

「当たり。」

エツコさんが笑った。

翔太くんは、また木瀬さんのひざの上に乗っかった。

カレーのにおいに、がまんできなくなったみたい。

おなかいっぱい食べたはずなのに、木瀬さんといっしょに、シチューを口に入れた。

「おいしー!!」

親子いっしょにのけぞった。

その器もあっという間に空になった。

（よかった！　食欲も全開になられて。つぎはいよいよメインディッシュだわ！）

あらったみたいにきれいになった器をお盆にのせて歩いていると、秋好旅館に行くときに転んで打ったひざのいたみが消えて、足どりもすいすいっと軽くなっていることに気づいた。

すると、受付のカウンターで首をかしげて立っているおばあちゃんが目に入った。

「おばあちゃん、どうかした？」

おばあちゃんは、宿帳をじーっと見つめている。

木瀬さん一家の名前と住所を書いたページだ。

「何か、書き忘れとか？」

「いや、そうじゃないんだけどね……。もしやと思って……。」

言いかけて、おばあちゃんは、はっと口をつぐんだ。

「おっこは気にしなくていいよ。きっとなんでもないさ。」

おばあちゃんはカウンターから出てきて、急ぎ足ではなれのほうに行ってしまった。

おばあちゃんが、あんなにあわてているのはめずらしい。

（どうしたんだろう？　すごくこわい顔してたけど……。）

一瞬、おばあちゃんの後を追いかけていこうかと思ったけれど、今はそんなヒマはない。つぎの料理ができるころだ。

厨房に入って、お盆の上にならんだ器を康さんとエツコさんに見せた。

「じゃーん、ぜんぶ空になりました！」

「木瀬さん、大喜びですね。」

「さすが康さん！」

「ねえ！」

エツコさんと二人で、そう言うと、

「いいや、みんなで力を合わせたからですよ。はい！『つつじの間』のメインディッシュです！」

康さんが、できあがったつぎの料理を置いた。

「花の湯ステーキでございます。バルサミコソースとわさびでお召し上がりください。」

「わあー！」

「おおー！」

立ちのぼる、焼けた牛肉の香ばしい香りに、木瀬さんも翔太くんも声を上げた。

「まさかステーキが食えるなんてなあ。」

「いいにおいー。」

そして二人同時にひと切れずつ、口に入れた。

「んー、うまい……。」

「おいしいー。」

木瀬さんと翔太くんは、うっとりと天をあおいだ。

木瀬さんは目を閉じて、お肉をじーっくり味わっているし、翔太くんなんて、そのままねむるみたいに後ろにたおれてしまった。

おいしすぎるものを食べると、声も出なくなっちゃうみたい。

「……これはうまい。食べてみろ。」

ようやくひと切れ飲みこんだ木瀬さんは、奥さんにステーキのお皿をさしだした。

「どれどれ？」

よし、最後のお料理を出すタイミングだ！

「こちらはお肉に合わせた一品です。赤ワインで炊いたごはんです。ポルチーニ茸とビネガーで味つけいたしました。」

あたしは、大きなワイングラスに入れた、おしゃれなその料理を木瀬さんの前に置いた。

これで、日本酒だけでなく、ワインも楽しんでもらえる。

「へえ。」

木瀬さんの目がかがやいている。

「やだ、おいしい！」

ステーキをひと切れ食べた奥さんが、目を見張った。

「だろう？」

木瀬さんと奥さんの笑い声を聞きながら、翔太くんはテーブルの下にもぐった。

(ふふふ、トンネルごっこかな。お父さんとお母さんが元気で楽しそうだから、翔太くんもうれしくなったのよね。)

すぐに、ぎょうぎが悪いとしかられちゃったけどね。

「お嬢ちゃん、ありがとな。おれみたいなもんのわがまま聞いてくれてよ。」

木瀬さんにお礼を言ってもらえた！

それも、こんなに満足したお顔で！

(あきらめなくてよかった！)

「いいえ、こちらこそ、お口に合うお料理をお出しできてうれしいです！」

木瀬さんは残り少なくなったワインのごはんを、別れをおしむように、ゆっくり口に入れた。

「おいしい？」

翔太くんの質問に、

「うん。」

かみしめるように味わって、うなずいてくれた。

翔太くんは、また木瀬さんのひざの上にすわった。

目をつむったと思ったら、すぐに、すうすう寝息を立てはじめた。

「寝ちゃった……。」

気持ちよくねむっている翔太くんを起こさないように、そーっと器を下げた。

木瀬さんは翔太くんの頭をなでながらつぶやいた。

「こんなふうに家族でのんびり風呂につかって、うまいもんが食えるなんてなあ……。生きてて
よかった……。」

どきっとして、器をかたづける手が止まってしまった。

「この人、三月に事故を起こして、ずっと入院してたのよ。」

奥さんが、口を閉じた木瀬さんの後を続けて言った。

(事故？　三月に？)

「何か月も意識がもどらないし、初めはだめかと思ったわ。」

「そ、そうだったんですか……。」

あの日のことを思い出しそう。あたしも三月だった。

(思い出しちゃだめ。また息が苦しくなるかも。)

ぎゅうっと手をにぎりこんで、こらえた。

「前で車同士がぶつかったんだ。それをよけようとして、反対車線に飛び出しちまって。」

「対向車とぶつかってね……。」

そう言って奥さんが、思い出すのもつらそうに、ため息をついた。

「対向車の家族をまきぞえにしちまった。」

木瀬さんが翔太くんをだいたまま、宙をにらんで言った。

(え？　今なんて？)

きゅうっと胸がしぼられたみたいに苦しくなった。

まさか。まさか。まさかそんなことがあるわけない。

事故は日本中で起きてる。

三月だけでも、あたしのあった事故以外にも、多くの自動車事故があっただろう。

だから、ちがう。

ちがうはずだ。

「でもひとつだけ救いだったのは、そのまきぞえにしちまったご夫婦の一人娘が、まったくの無傷で助かったことなんだ。」

木瀬さんの言葉が、わあーんと耳の中でこだました。

——まきぞえにしちまったご夫婦の一人娘が
——まったくの無傷で　無傷で
——助かった　助かった　助かった
「うそ……。」

息が苦しい。

「あ……あたし……。」

がたがたと体がふるえだした。

「お嬢ちゃん？」

木瀬さんがあたしに声をかけた。

でもその声は、水にもぐってるみたいに、くぐもって聞こえた。

（あの、トラック。ぶつかってきたトラックが……木瀬さんの運転してた車だった……の？）

怪獣みたいに飛んできて、一瞬でお父さんとお母さんをつぶしてしまった、あの車が？

「……うそ。」

胸が何かにおしつぶされたみたいになって、息ができなくなった。

苦しすぎて、頭がぼんやりしてきた。

ふっとあたりが暗くなり、お父さんとお母さんの顔が見えた。

そうだ、あたしまた、ふとんの中にもぐりこんだんだ。

二人の寝ているベッドの、足元からそーっともぐりこんでびっくりさせるのが目的。

でもお父さんもお母さんも、笑うだけ。

びっくりしたことなんか一度もない。

あたしは、お父さんとお母さんの間に入りこんで、すぽっと頭をあったかいふとんから出すんだ。

そして朝まで三人いっしょにくっついて寝るの。

「帰りたい……。」

やっと声が出た。

そう、あたし帰りたいんだ。

若おかみの修業とか、おばあちゃんのお手伝いとか、そういうのみんな放り出して、お父さんとお母さんの間で、ぬくぬくして笑ってた、あのふとんの中に帰りたいんだ。

それがいちばん、あたしがのぞんでること。

ふー　ふー
うつむいて息をととのえた。

「──おっこ。」

「おっこ。」

お父さんとお母さんの声が、近くでした。

(え?)

顔を上げたら。

お父さんとお母さんが障子の前にならんで立っていた!

「ごめんな、おっこ。そばにいてやれなくて。」

「おっこ……。」

「お父さん、お母さん……。」

　ぼろぼろっと涙があふれた。あったかい涙がほおを伝って、ぽたんと畳の上に落ちた。

「お父さんもお母さんも、おまえが生きていてくれることがうれしいんだよ。ぼくらはもうこの世にいないけど、おっこは元気で立派な若おかみになってくれ。」

　お父さんがまじめな顔で言った。

　やだ、お父さん。なんでそんな、言い方するの？

　まるでお別れするみたいじゃない！

　それにお母さんも、さびしそうな顔！

「や……やだ、お父さん、お母さん、あたしを一人にしないで……。」

　そう言ったけど。

「おまえは一人じゃないよ。」

「そうよ……。」

二人は微笑むと、すうっととけるみたいにすがたを消した。

「や！　……お父さん……お母さん……。あたしを置いていかないで！「一人にしないでって言ったのに！」

ろうかに飛び出した。

「お嬢ちゃん!!」

木瀬さんのさけび声が聞こえた。

（だれもいなくなる。あたしのそばにだれもいなくなる。）

そう思ったら、ぞおっとした。

こわくてこわくて、頭がどうにかなりそうになった。

「ウ、ウリ坊！　美陽ちゃん！」

二人はどこだろう？

ぜったいあたしのそばにいてくれているはず！

いつもあたしが、こまったとき、大変なとき、ウリ坊だけはあたしを助けてくれたし、心配してくれていた。

美陽ちゃんだって！

春の屋旅館の中をさがしてまわった。

「ウリ坊！　美陽ちゃーん！」

ろうかの真ん中に立ってさけんだ。

でも二人のすがたは見えなかった。

声も聞こえなかった。

二人はいるの？　いないの？

いてくれても、二人を感じ取れなければ、いないのと同じだよ。

あたしは一人だよ。

一人じゃないなんて、思えないよ。

「出てきて……。あたしを一人にしないで……。」

頭がぐらぐらして、柱にすがりついた。

そのとき、玄関のむこうに、白い光がふわあっと現れた。

光はすうっとすぐに消えた。

「美陽ちゃん!?　美陽ちゃーん！」

あたしは、ぞうりもはかずに外に飛び出した。

11 雪がふってきた

「美陽ちゃん！　待って！」

表に飛び出した。

横から、だしぬけに車が現れて、あたしのすぐ前で止まった。

「！」

もう少しでぶつかるところだった。

体が凍ったみたいにかちんとかたまって、車の前で動けなくなった。

すると、ふっとライトが消えた。

それで、今見た白い光の正体に気がついた。

（……車のライトだったんだ。美陽ちゃんじゃなかった。美陽ちゃんじゃ……。）

そう思ったら、何も考えられなくなった。

車から女の人が降りてきた。長い髪のスタイルのいい、あの人は……。

「おっこちゃん！」

名前をよばれて、はっとした。

(グローリーさん!)

グローリーさんの顔を見たとたんに、がくがくと足腰の力がぬけて、立っていられなくなった。

グローリーさんが、かけよってきた。

「おっこちゃん……。」

いっしょにしゃがんで、ぎゅっとだきしめてくれた。

するとふわっと花のようないい香りがあたしをつつみこんだ。

グローリーさんのにおいだ。

グローリーさんの胸に顔をうずめて、あたしは泣き続けた。

花の湯温泉街ぜんぶにひびきわたるような大声で泣き続けた。

グローリーさんはあたしが泣き止むのを待って、言った。

「……外は冷えるわ。車の中に入って。」

「何があったの?」

運転席にすわったグローリーさんがたずねた。

「……お父さんとお母さんが消えちゃって……それにウリ坊と美陽ちゃんも。」

話しはじめて、あ、そうかウリ坊と美陽ちゃんがユーレイなんだってことを説明しなきゃって気がついた。

「あ、あの、それに木瀬さん……お客様がその事故の相手だってわかって……。」

何から話していいか、わからなかった。

グローリーさんは、不思議そうなようすもしなければ、せかすこともせず、じっくりと、あたしの話を聞いてくれた。

話しているうちに、また涙が出てきた。

グローリーさんが貸してくれたハンカチを、ぎゅっと目に押し当てた。

「わたし、おっこちゃんのことを考えてたの。そしたら急に胸さわぎがしてね。ここに来なきゃって感じてやってきたの。」

（グローリーさん、あたしのこと、気にしててくれたんだ……。）

「ご両親のこと、ウリ坊と美陽ちゃんのこと、つらかったでしょう。話してくれてありがとう。」

（……あたしの話を、ぜんぶちゃんと聞いてくれて、こちらこそありがとう。）

あたしのほかにだれも見えない、ウリ坊や美陽ちゃんの話なんて、まず信じてもらえないことだ。夢じゃないか、思いこみじゃないかとか、言われてもしかたのないことなのに。

そう言いたかったけど、言葉がうまく出なかった。

「一人になっちゃう、か……。でも、おっこちゃん。あなたは一人じゃないわよ。」

グローリーさんはそう言って、にこっと笑いかけてくれた。

「グローリーさん……。」

あなたは一人じゃない。

ああ、そうか。こうしてグローリーさんもかけつけてくれた。

おばあちゃんもエツコさんも康さんも、きっと今、あたしのことを心配してくれている。

たしかに一人ぼっちじゃない……。

「ご両親も見守っているわよ。」

そうか……。

お父さんもお母さんも、空気にとけて消えちゃったわけじゃない。

この世にいないだけで、どこかで……あ、そうか！　きっと天で生きてるんだ。

ウリ坊も美陽ちゃんも……そうなんだ。天に昇ったとしても、そこであたしを見てるんだ。

だれも、いなくならない。

グローリーさんは、そう言いたいんだ。

そう思ったら、赤ちゃんみたいに大泣きしたことが急にはずかしくなってきた。

「こんな泣き虫じゃ、立派な若おかみになれないですね……。」

まだ目にじんわりたまっている涙をふいた、そのときだった。

車のライトが、こっちに近づいてきた。

(あれは……秋好旅館の車?)

停車するとすぐ、真月さんが降りてきた。

そして早足で春の屋旅館の玄関に向かった。

「真月さん!」

どうして来てくれたんだろう。

あたしも車を降りて、真月さんの後を追いかけた。

「真月さん、わざわざすみません。お願いいたします。」

玄関先で出迎えたおばあちゃんが、真月さんに頭を深く下げた。

「承りました。」

真月さんも同じぐらい深く頭を下げた。

(真月さんにお願い？　いったい何を？)

「やだー！」

翔太くんの声がひびいた。

はっとした。

「ここがいい！　ここにいる！」

翔太くんは、木戸にしがみついてさけんでいる。

「もー、わがまま言わないで、おくつはいて！」

奥さんがしかる。

大きな旅行かばんを持っている。翔太くんは小さなリュックサックを背負っている。

すっかり出発の準備ができているようすだ。

「翔太、ごめんな。お父さん、ここにいられないんだ。な、行こう。」

(ああ、そうか！　あたしが……あんなふうに飛び出したから、木瀬さんご一家に秋好旅館にうつっていただくように、おばあちゃんがお願いしたんだわ！)

それで真月さんにお願いいたしますと、おばあちゃんが頭を下げていたんだ。

「ぼくだけここにいる！　お父さんとお母さんは行けばいいよ！」

翔太くんが、大好きなお父さんに逆らっている。

（翔太くん……春の屋旅館が楽しかったのね。一人になってもよそに行きたくないほど、気に入ってくれたんだ。）

あたしは胸がいっぱいになって、翔太くんのほうに、歩きだした。

「おっこだ！」

「おっこー！」

翔太くんがあたしを見つけた翔太くんは、くつもはかずに玄関から走り出た。

翔太くんがあたしに飛びついてきて、帯のあたりに顔をくっつけた。

「翔太くん。」

翔太くんを、抱きとめた。

「ぼく、ここにいたい。泊まっていいよね？」

いっしょうけんめいうったえる翔太くんは、半分泣き顔だ。

「ええ、いいのよ。ここにいて。」

しゃがんで翔太くんを抱きしめた。

やわらかくて、あったかくて、かわいいお客様。

大事な大事な小さなお客様だ。

この子を、追い出すようなこと、ぜったいにできない。

すると、木瀬さんの旅行かばんを手にした真月さんが、あたしの前に立った。

後ろには木瀬さんご夫婦を連れている。

「関さん、後は任せて。」

力強い言葉だ。

いつもの上から目線の言い方じゃない。心から、そう思ってくれてるんだ。

このまま真月さんに木瀬さん一家を任せたら、きっととてもいきとどいたサービスをしてくれるだろう。

木瀬さんも奥さんもそのほうが、気が楽かもしれない。

豪華なお部屋で、翔太くんも喜んじゃうかも。でも。

「お嬢ちゃん、なんて言ったらいいか……。かんべんしてくれ……。」

つらそうにあたしを見て、木瀬さんが言った。

「翔太、行くぞ。」

「翔太。」

奥さんも翔太くんに声をかけ、迎えの秋好旅館の車に乗るようにうながした。

「あの。」

あたしはもう泣いていなかった。

気持ちは、定まっていた。

「どうか、このままうちにお泊まりください。」

そう言ったあたしに、そこにいた大人はみんなおどろいた顔をした。

「関さん、だいじょうぶよ。うちでおあずかりしますから。」

真月さんは、口調は強いがあたしのことを心配している顔つきだ。

(……みんなあたしの気持ちを考えてくれてる。おばあちゃんもエツコさんも康さんも。真月さんも、それに木瀬さんまで。ちゃんと、あたしの気持ちを伝えなきゃ！)

あたしは、ちょっと考えてから、木瀬さんのほうに向かって言った。

「……亡くなった両親も、祖母のおかみもよく言うんです。花の湯温泉のお湯は神様からいただいているお湯。だれもこばまない。すべてを受け入れていやしてくれるんだって。だから……。」

翔太くんを見たら、うれしそうに笑っていた。

「だから、ゆっくり休んでいってください。」

そう言って頭を下げた。

「……ください！」

翔太くんがまねをして、いっしょに頭を下げた。

「……ありがとな、お嬢ちゃん。」

木瀬さんが、苦しげに言った。

「だけどおれがつれえんだよ。だってあんた……。」

（……その先は言わないでほしい……。）

そう思ったけど。

「あんた、おれが死なせちまった関さん夫婦の一人娘の……織子ちゃんなんだろ？」

木瀬さんは、吐き出すように言ってしまった。

真月さんが、息を飲む音が聞こえた。

あたしは、春の屋旅館の玄関に向かって歩いた。

ほんの十歩ほどの短い距離。その間にあたしは気持ちを静めた。

おばあちゃんに教えてもらっている。

旅館のおかみというのは、いつも落ち着いていて心をしっかり持っていないといけない。そうでないと、旅館ぜんぶの空気が落ち着かないし、お客様もくつろげない。

あたしは、ぐっとおなかの底、帯の下あたりに力をこめて、深く呼吸した。

そしてみんなのほうを向いた。

「いいえ。あたしはここの……春の屋旅館の若おかみです。」

そう言って、木瀬さんにいらっしゃいませと言うときと同じ笑顔を向けた。

木瀬さんは、だまってあたしの顔を見ていた。

「おっこ……。」

おばあちゃんの声。

「うう、おっこさん……。」

エツコさん、泣いちゃった。

（これでいいのよね？　お父さん、お母さん。ウリ坊も美陽ちゃんも、見てたら、きっとほめてくれるよね？）

——よう言うた！　おっこ立派やな！

——そうね！

ウリ坊と美陽ちゃんがそんな会話をしてる気がした。

「あ、雪だあ！」

翔太くんが空を見上げてさけんだ。

するとちょっとはなれてようすを見ていたグローリーさんが、つかつかっと早足でやってきた。

「みなさん、中に入りません？　雪もふってきたことですし。」

そう言われて、みんなやっと、すごく寒い中でずっと立ちっぱなしだったことに気がついた。

「わたしも泊めていただけますよね？」

グローリーさんが笑顔で聞いた。

「「はい、もちろんです！」」

おばあちゃんとあたしの声が、ぴったり重なって、思わず顔を見合わせた。

「さ、みなさん入りましょう。」

グローリーさんがもう一度言うと、ずっとだまっていた木瀬さんの奥さんが真月さんに言った。

「バッグ、ありがとう。」

そう言って真月さんにあずけていた旅行かばんを受け取った。

「あなた。」

木瀬さんの背中をそっと押して、春の屋旅館のほうに向けた。

「お父さん！」

翔太くんも木瀬さんの手を取った。

木瀬さんは、とうとううなずいた。

そして奥さんと翔太くんといっしょに、春の屋旅館にもどった。

真月さんは去っていく木瀬さん一家に、秋好旅館のお客様にするように、きちんと頭を下げて見送っている。

「ねー、い、い、おばちゃん、前にもここに来たの？」

玄関に踏みこむなり、翔太くんがグローリーさんに、無邪気にたずねるのが聞こえた。

（う、今の……まずくない？）

おばちゃんとよばれたグローリーさんは、ショックで声も出せないようすだった。

（グローリーさん、気を悪くしてないといいけど……。）

木瀬さんたちはおばあちゃんに、グローリーさんはエツコさんにそれぞれお部屋に案内されるのを、見ていたら。

「春の屋の若おかみさん！」

真月さんに声をかけられた。

ふりかえると真月さんは、秋好旅館の車に乗りこむところだった。

「バカおかみは返上ね！」

そう言って、こっちに背を向けたまま手をふってくれた。

真月さんに認めてもらったのは、うれしかった。

一人前の若おかみになれたみたいな感じで。

（ううん、まだまだ一人前じゃないわ！）

あたしは、空を見上げた。

(あたしを見ててくれる人たちのためにも！　もう一度若おかみ修業を、がんばろう。)

夜空を水玉もようにしてふってくる白い雪を見ながら、よしっと帯の下あたりに気合を入れた。

木瀬さんたちのお部屋には、すぐにおふとんのご用意を。

きっと翔太くん、すぐにねむくなっちゃう。

グローリーさんは、寒いからまずお風呂に入られるかも。

きっとお風呂上がりには、お酒を飲まれるわね。

康さんに、グローリーさんのお好きなおつまみを作っておいてもらおう。

よし！　もう、若おかみモード全開だからね！

12 春が来た

また春が来た。

春と言っても三月の花の湯温泉は、まだ寒い。

特にこんなに朝早く、山の中にいると空気が冷たい。

それでも真冬の、さすような寒さとはちがう。

どこかさわやかで、きりっと身が引き締まるようなここちのよい感じだ。

今日はお祭り。

お神楽を舞う本番の日だ。

お神楽の舞手は、神様に舞を奉納する前に、花の湯温泉の源泉である「起源の湯」でお清めの入浴をするという決まりがある。

「ここって不思議な場所だね……。」

あたしは、真月さんに言った。

起源の湯は、山の奥深く、岩に囲まれて、人がめったに来られないような場所にある。

おまけに大きなご神木がまるで人の目から守り、おおいかくしているようにお湯の前に立ちはだかっている。

「そうね。」

真月さんの声も神妙だ。

起源の湯は、神聖な場所だ。

今日はあたしと真月さんの二人だけが、入ることを許されている。

あたしたちは、梅の香神社で用意してもらった、真っ白な綿の着物……白装束でお湯につかった。

ならんで、花の湯温泉の神様に手を合わせる。

静かだ。

鳥のさえずる声、お湯の流れる音。

しっかりと舞うがよいと神様に言われているみたい。

あたたかい陽の光が、あたしたちの顔を照らした。

「……あなた、前にユーレイの話してたわよね。」

目を閉じて合掌したまま、真月さんが話しだした。

「うん。」

「じつはね。わたし、声だけ聞いたことがあるの。」

「え？」

「失敗したりお客様にしかられたりしたときに『真月がんばって！』『真月ならだいじょうぶ！』って。」

それってもしかして……。

そう思ったとき。

起源の湯を囲む大きな岩のひとつに、美陽ちゃんがちょこんとすわっているのが見えた。

（美陽ちゃん！）

ひさしぶりにはっきり見えた美陽ちゃんのすがたに、思わず声が出そうになった。

美陽ちゃんは、しいっとくちびるに指を立ててみせた。

（でも、でも、美陽ちゃんのこと、真月さんは感じてるんだよ！　美陽ちゃんってお姉さんがいつも見守っていることを、言ったほうがいいんじゃ……。）

美陽ちゃんは、あたしの言いたいことはわかってるって顔だった。

「おっこ、いいの。真月がわたしの気持ちを感じてくれてたんならもう十分。それ以上は言わなくったっていいわ。」

そうとでも言ってるみたいに、美陽ちゃんは顔を横に振った。

「わたしにはね、わたしが生まれる前に亡くなった姉がいるの。」

真月さんの言葉に、美陽ちゃんがはっと背筋をのばした。

すごくおどろいた顔だ。

「あれは姉の声のような気がして……。」

美陽ちゃんがすうっと消えた。

「会いたかったな……。」

真月さんが、くしゅっと顔をゆがめてうつむいた。

すると美陽ちゃんが、真月さんの前にふわりと現れた。

美陽ちゃんは、そうっと真月さんのおでこにキスをした。

「真月……。」

ささやいた美陽ちゃんの声は、大人びていて、とてもお姉さんらしいものだった。

真月さんの目から、ぽろぽろっと涙がこぼれ出た。

真珠みたいにきれいな涙だった。

真月さんは両手でお湯をすくって、さぱさぱっと顔をあらった。

そして、ぱっとお湯をはじきとばすように笑った。

「さあ、行きましょう！」

一瞬で、いつもの自信たっぷりの、たのもしい真月さんにもどっていた。

「……うん！」


梅の香神社の境内では、梅の花がさきそろって、すがすがしい香りをはなっていた。

あたしと真月さんは、色ちがいの衣装を身につけ、神楽殿に出た。

あたしは去年、鳥居くんがつけていた山犬のお面と毛皮のかぶりものを頭にかぶっている。

舞の中で、山犬は神様からいただいた温泉のお湯で、傷ついた体をいやす。

そして生まれ変わったように元気になり、神様に感謝する。

それを見た村人、真月さんもお湯につかり、自分の古傷もすっかり治ったので、おどろく。

村人は、山犬のおかげで神様のお湯と出会えたことに感謝する。

そして、人もけものもみなでこのお湯をわかちあい、ここで暮らそうと誓い合ってともに舞うのだ。

笛と太鼓、それにおばあちゃんが演奏するお琴。

(去年の今ごろ、あたしがここで舞うなんて想像もしてなかったな。)

ひかえの場所にいるときは、いつもおくれるあそこのところに気をつけなくちゃとか、ちゃんとできるかなとか、まちがえたら神様におこられちゃうかもとか、いろいろ考えていた。

それに、なんといっても今日はウリ坊と美陽ちゃんが、天に昇る日だ。

(二人とお別れの日なんだ……。)

二人はほんとうに行ってしまうんだろうか?

どんなふうに?

さよならはちゃんと言えるの?

気になることはいくらでもあった。

でも、舞が始まったとたん、不思議なぐらい気持ちが静かになった。

(何もこばまない……すべてを受け入れる……。)

そうだ。花の湯温泉のお湯のように。

あたしもそうなろう。

かんたんには、なれないかもしれないけど、そうなりたい。

そう思ったら、神楽殿の中のようすも、見に集まっているおおぜいの人の顔も、はっきり見えて、手足がすいーっとなめらかに動きだした。

「また、峰子ちゃんの琴が聞けるなんてなあ。」

ウリ坊の声だ!

見ると、ウリ坊が、おばあちゃんがかきならすお琴に、うれしそうに聞き入っていた。

初めて花の湯温泉で会ったときぐらい、はっきりそのすがたが見える。

(美陽ちゃんは?)

そう思ったとき。

「おっこ、今日は神社のパワー、マックスや!」

ウリ坊がそうさけんだ。

気がついたら、美陽ちゃんとウリ坊があたしと真月さんの両わきで、いっしょに舞っていた。

(わあ、すごい。二人とも振り付け完璧！　そうか、あたしの練習、ずっと見てたんだ！　それで振りも覚えちゃったんだわ。)

そう言えば真月さんとぶつかって大げんかになったときも、ウリ坊、見ててくれてたもんね。

ウリ坊と美陽ちゃんの舞は、真月さんに負けないぐらい上手だった。

初めから四人の舞だったみたいに、息もぴったり。

「……ほんとうにお別れなの？」

向かい合う振りになったとき、ついウリ坊に聞いてしまった。

「また会えるて。」

ウリ坊が笑った。

「生まれ変わってね。」

美陽ちゃんが付け加えた。

（えっ。）

また会える？

生まれ変わって？

（ああっ、そうか！　今日で二度と会えなくなるんじゃないいんだ！）

どうしてそれに気がつかなかったんだろう！

二人は生まれ変わるために、天に昇るんだから。

そっか！　赤ちゃんになって生まれたウリ坊や美陽ちゃんとは、またどこかで会えるんだ。

「そしたら春の屋へ行くわ。」

美陽ちゃんが、真月さんそっくりに、しなやかに舞いながら言った。

「成長したおっこに会うんや。」

続けてウリ坊も言った。

（二人とも春の屋旅館に来てくれるんだわ！）

一気に気持ちがぱあっと明るくなった。
新しい朝が来た感じだ。
向かい合って舞う振りが終わり、四人で正面を向いた。
真月さんと両腕を高く上げて前を見ると。
お客さんにまじって、お父さんとお母さんが立っていた！
二人とも、あたしに手をふって笑っている‼
（お父さん、お母さんも見に来てくれたんだ……。）
そう思ったらすーっと二人のすがたが消え、そこにはグローリーさんが立っていた。
グローリーさんも、手をふって笑っている。
舞はいちだんとむずかしいところにさしかかった。
ここから両手に扇を持って舞うのだ。
真月さんと扇でおたがいを指しながら舞いつつ、ふと気になった。

「ああ、でも生まれ変わった二人を見て、あたしわかるかな。」

つい、小声で言ったら、

「わかるわよ！」

「わかる！」

美陽ちゃんとウリ坊が、きっぱり答えてくれた。

そっか、そうだよね。

顔やすがたがちがっても、二人のことがわからないなんて、ありえないよね！

二人はどんなふうに春の屋旅館にやってくるんだろう？

翔太くんみたいに、あまえん坊で食いしん坊のお客様になって？

そのときあたしは、ベテランおかみになっているのかな？

（ふふふ、なんか楽しみ。）

つい笑ってしまった。

「おれ、露天風呂プリン食べたい。」

「わたしは温泉に入りたーい！」

ウリ坊と美陽ちゃんが口々に言った。

なんて楽しいんだろう。

心から笑い合えるステキな友だちと、また会う約束をしてる。

気が合わないって思ってた真月さんとも、通じ合った感じだし。

あたしのことを心から大事に思ってくれている人が、すぐそばにいて。

ちょっとはなれたところにもいて。

（この瞬間がずっと続けばいいのに……。）

そう思ったとき。

ウリ坊と美陽ちゃんが、ふわっと宙にうき上がった。

「おっこ。」

「おっこ。」

二人が、優しくあたしの名前をよんだ。

そしてすうっと空に舞い上がった。

（あ。）

あっという間に二人のすがたは空の中にとけてしまった。

(ウリ坊、美陽ちゃん……。)

そのとき、雪のようにたくさんの花びらがさあっと舞台に飛んできた。

(わあ、きれい!)

風におどる花びらは、あたしと真月さんといっしょに、優雅にお神楽を舞ってくれた。

(あのときみたいだ。ウリ坊がおばあちゃんと遊んだ秘密の場所を見せてくれたとき。)

一面に咲いていた花、そしてウリ坊がふらせてくれた花の雨。

思い出しただけで、幸せな気分になる。

ウリ坊と美陽ちゃんは今、あの雲のあたりにいるのかな?

そこから見たら、きっといい景色だろうね。

(またね、二人とも。春の屋旅館で待ってるからね!)

あたしは琴に合わせて最後のポーズを、しゃん! と決めた。

横を見なくても、真月さんと息ぴったりにそろっているのは、わかっていた。


(おわり)

＊著者紹介

令丈ヒロ子

　大阪府生まれ。嵯峨美術短期大学卒業。講談社児童文学新人賞に応募した作品で、独特のユーモア感覚を注目され、作家デビュー。おもな作品に、「若おかみは小学生！」シリーズ、『温泉アイドルは小学生！（全３巻）』『アイドル・ことまり！（全３巻）』、『メニメニハート』（以上、講談社青い鳥文庫）、『パンプキン！　模擬原爆の夏』（講談社）、『ハリネズミ乙女、はじめての恋』（KADOKAWA）、『なりたい二人』『かえたい二人』（以上、PHP研究所）などがある。2018年、「若おかみは小学生！」シリーズがテレビアニメ化。劇場版アニメも公開される。

＊脚本家紹介

吉田玲子

　1994年『ドラゴンボールZ』でアニメ脚本デビュー。テレビアニメの作品に『おじゃる丸』「おジャ魔女どれみ」シリーズ、『こばと。』ほか多数。劇場版アニメの作品に『猫の恩返し』『ブレイブ ストーリー』『映画　けいおん！』『映画　聲の形』ほか多数。2014年、東京アニメアワード、アニメ オブ ザ イヤー部門において脚本・オリジナル原作賞を受賞。2017年にも２度目の原作・脚本賞を受賞。

この作品は、劇場版アニメ『若おかみは小学生！』をもとにノベライズしたものです。

講談社　青い鳥文庫

若おかみは小学生！
映画ノベライズ
令丈ヒロ子　原作・文
吉田玲子　脚本

2018年８月15日　第１刷発行

（定価はカバーに表示してあります。）

発行者　渡瀬昌彦

発行所　株式会社講談社
東京都文京区音羽2-12-21　郵便番号112-8001
電話　編集（03）5395-3536
販売（03）5395-3625
業務（03）5395-3615

N.D.C.913　254p　18cm

装　丁　小松美紀子＋ベイブリッジ・スタジオ
久住和代
印　刷　図書印刷株式会社
製　本　図書印刷株式会社
本文データ制作　講談社デジタル製作

ISBN978-4-06-512708-7

「講談社　青い鳥文庫」刊行のことば

太陽と水と土のめぐみをうけて、葉をしげらせ、花をさかせ、実をむすんでいる森。小鳥や、けものや、こん虫たちが、春・夏・秋・冬の生活のリズムに合わせてくらしている森。森には、かぎりない自然の力と、いのちのかがやきがあります。

本の世界も森と同じです。そこには、人間の理想や知恵、夢や楽しさがいっぱいつまっています。

本の森をおとずれると、チルチルとミチルが「青い鳥」を追い求めた旅で、さまざまな体験を得たように、みなさんも思いがけないすばらしい世界にめぐりあえて、心をゆたかにするにちがいありません。

「講談社　青い鳥文庫」は、七十年の歴史を持つ講談社が、一人でも多くの人のために、すぐれた作品をよりすぐり、安い定価でおおくりする本の森です。その一さつ一さつが、みなさんにとって、青い鳥であることをいのって出版していきます。この森が美しいみどりの葉をしげらせ、あざやかな花を開き、明日をになうみなさんの心のふるさととして、大きく育つよう、応援を願っています。

昭和五十五年十一月

講　談　社